U0463199

eye

守望者

——

到灯塔去

守望者·香樟木诗丛

剩山

赵野诗选

赵野 著

南京大学出版社

图书在版编目（CIP）数据

剩山：赵野诗选 / 赵野著. —南京：南京大学出版社，2023.2

ISBN 978 - 7 - 305 - 26068 - 1

Ⅰ.①剩… Ⅱ.①赵… Ⅲ.①诗集－中国－当代 Ⅳ.①I227

中国版本图书馆 CIP 数据核字（2022）第 210016 号

出版发行　南京大学出版社
社　　址　南京市汉口路 22 号　　　　邮　编 210093
出 版 人　金鑫荣

书　　名　**剩山：赵野诗选**
著　　者　赵　野
责任编辑　顾舜若

照　　排　南京紫藤制版印务中心
印　　刷　徐州绪权印刷有限公司
开　　本　880×1230　1/32　印张 10.75　字数 170 千
版　　次　2023 年 2 月第 1 版　2023 年 2 月第 1 次印刷
ISBN　978 - 7 - 305 - 26068 - 1
定　　价　58.00 元

网　　址：http://www.njupco.com
官方微博：http://weibo.com/njupco
官方微信：njupress
销售咨询热线：(025)83594756

目　录

4

阿兰

一

迷失于我的热情，阿兰
我不该让你进入诗歌
深山花谢，你现在逃遁

摆脱多舛的文字，然后
返回丰盈如泉的家乡
那黄金、歌声、苹果树
激动我们又远离我们

这是痛苦，却不叫作痛苦
这是欢乐，却不叫作欢乐
众鸟中之一鸟，群花中之一花

阿兰，流水载船，山坡长草

我对你一往情深

二

海风吹动我，山月照着我

我从梦中醒来，正当五月之时

阿兰，哪儿是尽善尽美

闲云之树，幽琴之水，这是

我迎来的第二十一个夏天

一朵莲花开出你

向我展示群峰

我的神思随落花飘荡，阿兰

你的静默让众山皆响

梅子季节随船到江南

但见长河映日，夕照归鸦

我也欣然有托

三

阿兰，现在我才学会
随遇而安的生活
就像演算纯粹数学

就像月亮的阴影里
英雄们厮杀着，迫死诗歌
就像石头震颤，羊群魂飞他乡
你的心却如此平静

骑鹤而来，笛声吹开梅花
阿兰，你的处世毕竟不同凡响
细致、宽怀和些许的幽默
审视他们，欣赏他们
然后饶恕他们

1985

河

一

河水涌上岸
洗涤我的脚
温柔而清爽

我躺在草垛旁
风把稻草吹得乱飞
河水懒懒地漫过草丛
远山有些湿润

我触摸着这宁静
回想往事，感到无比亲切
我的心中正淌过一条河

我发现四面都流着河水

我是唯一的岛屿

二

河水拍打岸

水波如泣如诉

我激动无比

太阳升起又落下

闲云飘忽无踪

马群跑向天边

我的心思无往不返

山高路远，我满足于

这条河、这片林子、这间茅屋

我独自垂钓，在这个

宽恕多情的十月

鸟儿们回到故乡

三

河水向东去了
如匆匆过客
不舍昼夜

我登上高坡
目送波涛流逝
想起一个寓言
果子纷纷坠落

年复一年，我在这里
耕耘我的土地，浇灌我的果园
静候人们的来访
河流与我做伴，每个晚上
告诉我一些事，使我宽心

四

看着河水流淌

我有一种巨大的
不可表达的欢乐

透过阳光的阴影
飞鸟寂然不动
我走出我的躯体
想怒放如花

安然而去，幸福而来
我涉过所有的河流
现在我选择了这片沙滩
头枕着卵石
在黄昏时分，我将沉沉睡去

1985

此刻，你一定愿意

此刻，你一定愿意

在一个山顶

有一间木屋

很明很静

你一定愿意立即

动身去那地方

带着心爱的书籍

和混乱的思想

你一定愿意沉默如

冬日的池水

偶尔一只鸟儿

从山下飞来

告诉你某人走了

某人还在

1986

冬天

整个冬天，我在山上等待
山上的雪孤独、纯洁
你可以来或者不来

四野茫茫，风如痴如醉
一种柔情使它们美丽非凡
整个冬天，我在山上等待

我读书、散步、冥想古代
古老的故事使我感动不已
你可以来或者不来

命运犹如桑田沧海
何必一定要开花结果
整个冬天，我在山上等待

我一天天计算着日子

设想种种奇迹，也不当真

你可以来或者不来

这也许值得也许不值

也许仅是一种形式

整个冬天，我在山上等待

你可以来或者不来

1987

有所赠

难得一次相逢，落叶时节
庭院里野草深深
扇子搁在一旁，椅子们
促膝交谈，直到风有凉意
我割开水果，想到了诗的生成
无数黄叶在空中翻飞

酒杯玲珑，互相说着平安
和即将到来的节日
你瘦削、挺拔，衣袖飘飘
我知道了风波的险恶
白马越过冰河，你还要走
你还回不回来，再论英雄

月光清澈，星辰隐去

风暴从北方来，鸟儿飞向南方

你抬起左手，清风阵阵激荡

多年的心事一泻无遗

唉，长剑，长剑，锈蚀了墙壁

甚至斩不断一根稻草

好朋友，我为你放歌一曲

我为你宽怀而激越

明月皎皎，言辞上了路

我知道你的胸怀，铁马金戈

明月朗朗，言辞上了山

你知道我的一生，悄然将虚度

1988

字的研究

整整一个冬季，我研读了这些文字
默想它们的构成和愿望
我把它们放在掌心，翻去覆来
如摆弄水果和锃亮的刀子

它们放出了一道道光华，我的眼前
升起长剑、水波和摇曳的梅花
蓝色的血管，纤美的脉络
每一次暗示都指向真实

我努力亲近它们，它们每一个
都很从容，拒绝了我的加入
但服从了自然的安排，守望着
事物实现自己的命运

炫目的字，它们的手、脚、头发
一招一式，充满对峙和攻击
战胜了抽象，又呼应着
获得了完美的秩序

生动的字，模仿着我们的劳作
和大地的果实，而在时光的
另一面，自恋的花园
蓦然变成锋利的匕首

准确的字，赋予我们的筋骨以血肉
点燃我们灵魂的火把
冥冥中它们大胆的突进，成为我
悲伤生命里唯一的想象

规范的字，毗邻我们出生的街道
昭示我们命定的一瞬
多少事发生了，又各归其所
那历史的谋杀壮丽而清新

沉着的字，我们内心未了的情结

穿上童年的衣衫

战士步出东门，刀戟砰然

而城楼悬挂着乌黑的镜子

哦，这些花萼，这些云岫，我的

白昼的敌人，黑夜的密友

整整一个冬季，我们钟爱又猜疑

衣袖或心灵的纯洁

此刻，流水绕城郭，我的斗室昏暗

玉帛崩裂，天空发出回响

看啊，在我的凝视里

多少事物恢复了名称

它们娇慵、倦怠，从那些垂亡的国度

悠悠醒来，抖落片片雪花

仿佛深宫的玫瑰，灿烂的星宿

如此神秘地使我激动

我自问，一个古老的字

历尽劫难，怎样坚持理想

现在它质朴、优雅，气息如兰

决定了我的复活与死亡

1988

春秋来信

号角又一次响起，王的颂词已完成
吾爱，这一刻是留给你的
阳光清朗、温馨而又严肃
雪白的鸦群布满天空

年年烽火，我已倦于豪情
我的诗歌日渐清瘦
这小小的技艺，日渐琐屑
我拼死一战了，只有如此吧

我拼死一战了，在这明净的日子里
你的梨树开花的时候，吾爱
那么多热烈的肉体就要
变成尘埃，像点燃的金属

而我会目睹这壮丽的一幕
比得上王的猩红的地毯
王啊，他一挥手树木就发疯
而大地对疯狂总是能承受

我还要记录这一幕，像我曾经
记录过你的烛花和云鬓
在你的发丝里暖香流淌
我畅饮了碧空的芬芳

那些秘密的欢乐，我梦中的梅子和薄荷
玉洁风清，舒卷这洁白的绢帛
而我并非沉溺伤感，我只是
期盼一次和解，像周围的马匹

在一生的惊悸中渴求安全
在消失的岁月里忍受北风
在最后时刻，宽恕季节
风暴、战士，以及可能理解的事物

还能活，就活下去

还能遗忘，就砸碎你的镜子
再种下一棵树，仿佛头颅
植根沃土，守候复活

吾爱，有些事是说不清楚的
还有一些，根本不能说
一只鸟，夜夜会飞上你的屋檐
一片月光，洒在墙上就不再脱落

因此再见了，我就寄给你这一瞬
我听见大军已开出了函谷
生命是如此不容置疑
我的命运唯有天助

1989

汉语

一

在这些矜持而没有重量的符号里

我发现了自己的来历

在这些秩序而威严的方块中

我看到了汉族的命运

节制、彬彬有礼，仿佛

雾中的楼台，霜上的人迹

使我们不致远行千里

或者死于异地的疾病

二

祖先的语言，载着一代代歌舞华筵

值得我们青丝白发

每个词都被锤炼千年，犹如

每片树叶每天改变质地

它们在笔下，在火焰和纸上

仿佛刀锋在孩子的手中

鱼倒挂树梢，鸟儿坠入枯井

人头雨季落地，悄无声息

1990

无题

树木落尽了叶子，仍在

空旷的大地上发狂

铁骑越过黄河，颓败

蔓延到整个南方

我看见一种约定，像一次

必然到来的疾病

你的菊花前院枯萎

我的祖国痛哭诗章

1990

下雪的早晨

我不知道，还有什么事物

没有被人说过

我不知道，还有什么感觉

需要我来说出

下雪的早晨，我会感到惶恐

我仍然没有理由说些什么

在秦朝或汉朝的庭院里，下雪

就使文章更加优雅

我看到的世界纷乱、宽广，如同回忆

我的内心悲苦，徒劳搜寻着坚固的东西

我也想过，一次下雪或许就能改变我

但我宁愿保持沉默

我甚至不会询问我是谁

当雪花漫天飞舞，将我淹没

1990

夜晚在阳台上，看肿瘤医院

面对着远处闪烁的窗口
和我之间的一段距离
我感到茫然，不知所措
像一只飞不过冬天的鸟或者丛林里
的一名雇佣军，我不知道
我每天都在穿越的这片黑暗
是多么宽广深邃，我努力
计算它的长度，如星相家
并非充满悲伤，只是希望确信
那些命定的时辰。因为我们
遍体都是死亡，在眼前吹过的风中
我又听到这古老的咒语
我只是希望战胜偶然和紊乱
像一本好书，风格清晰坚定

1990

春天

我的想象枯竭，手臂低垂

无力承受春天的轻柔

我看到一本书，封面发黑

让我想起历史的腐朽

我记忆中的每棵树都被风吹动

沙沙作声，我的工作多么徒劳

我的言辞，质朴或坚定

我的生命里唯一真实的栗子

我经历的黎明或黄昏的火焰

我梦中呼啸的长剑和宫阙

已被另外的力量废黜

我已退出春天，退到最后的边缘

我还要退出光亮，像一条细长的虫子

我知道有些事一定会发生，我会在

枯干的树叶里，诅咒、哭泣和激动

1990

时间·1990

我这样理解：过去在时间里

会变成永远，像一棵树

褪尽叶子和水分，像一个

纯粹的玄学命题，因此

无论坚持还是扬弃，罪恶的事

可以成为历史，不再血腥

像三世纪的屠戮，十世纪的饥饿

我们充满好奇而不是愤怒

我们缅怀而不是仇恨

因为时间会使血火冷却

万劫不复，如童年的水流

和城楼，多少英雄已成梦

多少诗章出自固执的记忆和

心底，恰似一轮明月照东风

1990

一间封闭屋子里的写作活动

在这里，躯体越来越虚空，甚至
无力和文字达成平衡
灯光雪白，所有的思绪
被照亮，眩晕，直至消失
音乐又嘶哑又凄凉，外面
一定是暗了，风还没有吹起
窗帘没有动，我感到惊心
言辞怎么会蜂拥，如流云
我触到谁的痛处了，抑或是谁
触到我的痛处了，这些诗行
明晰准确，像出征的战士
像深海的鱼群，屏息敛气
沉着地游过古代的夜晚，又和
穿透海水的阳光融为一体

1990

局限

我不会再在有风的夜晚，苦思

那行永远写不出来的诗句

我会忍受一个暴君，像忍受

一种习惯和我自己

我从未踏过的街道多么虚幻

仿佛臆想中的一次革命

我从未品尝的热血，多么

丰盈，使夏天不再来临

在那些废弃的书页里，我的名字

比数学更深入死亡

有如树木落过我的手指

鸟儿平息我的内心

早晨醒来，雪积满庭院

我已逼近另一种梦境

1990

写作

衰颓的长安的夜晚

和曲阜的黎明

以及安阳的黄昏

全注入同一条河流

这就是我啜饮的河水

迷恋的轻舟

在无数铁甲的深渊里

坚持或漂浮

我思念着利刃和风暴

追随声音写作

并执意弄清它们的

形状、色彩甚至速度

直到语言缓缓流动

像亘古的河水

涌起沉船、马匹

以及君王和他们的数学

1991

旗杆上的黄雀

同样的气流包围着我们
它的惊悸像我的食指
和名字，在发热的季节
在三世纪，充满睡眠和金属

风宽阔，它的翅膀轻轻抖动
我的眼前，长江水往上涌
我驱车直奔江边，谁是英雄
谁能让植物停止迁徙

或者遏制言辞的疼痛
改变我的角色，让别人充数
让他骑马踏过薄冰
让我眺望山川，放声大哭

我的余生只能拥有回忆，我知道
我会死于闲散、风景或酒
或者如对面的黄雀
成为另一个人心爱的一页书

1991

诗的隐喻

蹚过冰冷的河水，我走向
一棵树，观察它的生长

这树干沐浴过前朝的阳光
树叶刚刚发绿，态度恳切

像要说明什么，这时一只鸟
顺着风，吐出准确的重音

这声音没有使空气震颤
却消失在空气里，并且动听

1992

自我慰藉之诗

我不是一个可以把语言
当成空气和食粮的人
我也不会翻云弄雨，让天空
充满雷电的气息
二十个世纪，很多事发生了
更多的已被忘记
因此，我学会了用沉默
来证明自己的狂野
像那些先辈，每个雨季
都倚窗写下一些诗句
不是为了被记忆，而仅仅
因为雨水使他们感动
这雨水也使我感动，此刻
河流流淌，光明停在山顶

1991

水银泻地的时候

水银泻地的时候
忧愁穿过墙壁
又和着嘶哑的音乐
使我羞惭、灰心

整个夏季，仿佛一场
没有主题的游戏
不知不觉，就沉沦
变成另一个父亲

在准确的时间里奔走
为简单的日期眩晕
却忘掉了山崖上
滔滔号叫的孩子

而当睡眠浸透了肉体

像水漫进树林

一生的理想，在窗外

冻成了一颗霜粒

1994

微暗的火

微暗的火映照出
一些熟悉的面孔
他们曾经使我忧伤
在充满怀疑的年纪

长夜漫漫，沉入心底
如逼近的马群
带来了消失的话语
驱走了浮躁的气息

也许短暂，但是真实
我确信更多的东西
沉着、锋利如带齿的
朝向天空的剑叶

在夜里活着，感到痛楚

在白天安然死去

再在老人的悲悯里醒来

孩子的喃喃中入眠

1994

1982 年 10 月，第三代人

平静的江水，激情的石头

秋天高远，一切都是真的

他们脸色红润，口齿因为

发现而不清，这是黄昏或黎明

天空飞动渴望独立的蝙蝠

和他们幸福的话语，仿佛

一切都是真的，没有怀疑

没有犹豫，树叶就落下来

这就是他们，胡冬、万夏或赵野们

铁路和长途汽车的革命者

诗歌阴谋家，生活的螺丝钉

还要整整十年，才接受命运

习惯卑微，被机器传送

为五谷的生长感恩吟唱

并在每个午夜，扪心自问

那一切都是真的？真的！

1996

1997 · 元旦 · 温家堡

前世的巨大的雪

铺满道路和庭院

树木冷峭、坚硬

有种宿命的意味

城市遁去了，终于

和我没有关系

但空虚像更冷的寒流

从墙根漫到额顶

1997

汉水

一

击鼓的人远去了
歌唱的人才来
从秋天到春天
利刃长满了青苔
逃过谋杀的君王
谋杀了整个北方
而树木青青，又青青
已把一切掩埋

二

很多的声音，很多的树

涉过汉水的波澜

铁甲沉没，种子生长

不分白昼和夜晚

那些命定的场景，如浮云

任我们世代穿行

羌笛却破空而来

从长城直到衡山

1997

1998 · 中秋 · 西安

一

这座城市，这个季节

表明一切很难真实

天气萧瑟，街道清冷

一如某次阴谋的前夜

太多的往事不免忧伤

太深的心思难逃浮躁

像此刻，我就渴望烽火

期盼有谁兵发咸阳

二

闲在西安，看几本旧书

和一部伤感的电影
浏览一些古迹，也很想
就此写出几行诗句
这种冲动已有点异样
仿佛故乡遍插茱萸
但在西安，恍若隔世中
总有声音磨砺神经

1998

春天的夜晚有风呼啸

春天的夜晚有风呼啸
时间凝固，忧伤变得具体
一些愧疚和诀别，像潜艇
浮出水面，变成了传奇

宽大的房间悲情涌动
树影摇曳，灯光温馨
饱受压迫的血液，此刻
不再把生命弄得无趣

就是说，我热爱的行尸走肉
在起风的瞬间会悄然湮灭
好多孤魂渐渐走远
或者恐惧就此逼近

仿佛深渊，只接受大的词汇
只为奇迹涨落，但记忆
暧昧如官僚簇拥的皇帝
安详平静又四伏杀机

2001

往日 · 1981

从古宋到成都，一路月光
把流水照得发亮
从冬天到夏天，鱼群激越
游向更大的海洋
而那些梦想，秘密
或羞涩，像宿疾悄然生长
燕子却眼含泪水
飞过祖传的高墙

2002

往日·1982

一

夏天没有告别就走了
秋天一片金黄
我们一群，仿佛孩子
渴望刀锋的忧伤
星辰和河流在召唤
那些炫目的理想
诗歌起义了，像花朵
迫不及待地绽放

二

万物总要获得名称

词语才会充满生机

整整二十个秋天了

我还怀念我们的革命

一次命名注定会带来

一种力量，复活那些躯体

它们先是秩序井然，而后出击

从重庆直向希腊的海滨

2002

很多年来

很多年来
我等着一次对话
象河流动
鸟一直在飞

我想象一个言说者
和一个倾听者
应该如风和水
一样回应

面对着满天
飞翔的鸟
我却无力
抵达它们的心灵

凌晨时分
揪着一根根白发
感觉到体内
器官在变质

时间在流逝
我观察着这过程
如触摸风中的丝绸
和冰凉的水

如果两千年前
匈奴人越过了长城
我是不是会有
不一样的身世

我是不是可以
同那片土地
分享共同的
神和记忆

因此十年前
骰子的一掷
也许就取消了
另一种偶然

鸟一直在飞
就是说我还能
为我的沉沦
感到宽心

我还来得及
把中年的梦想
押在河流
往东的方向

因为水波闪着
温柔的感伤
而风正吹过
黑黝黝的树林

树叶摇动着

发出白光

一个声音响起

一次和解降临

2002

归园

一

半世漂泊，我该怎样
原宥诗人的原罪
像哈姆雷特，和自己
开一个形式主义玩笑

山水进入冬天
蚕蛹沉思起源
多年前，我一语成谶
成为诗歌不幸的注脚

二

O 型血集体狂奔向

她唇上的闪电

萤火虫把美学课

讲到香帏深处

斜阳一次次失眠

历史如邻村寡妇

多年后，帝国的忧伤

红杏般开在墙头

三

画栋里的农业时代

和朱帘上的万古孤独

泛起阵阵霜意

让我哭泣

汉族就这样了

一切都在分崩离析
池塘上漂浮着
灵魂的剩余物

四

屠城的鸟绕着屋檐
寻找童年的楼台
高堂镜子早读出了
这场豪赌的结局

这个世界，我终究
要与你达成和解
我会谦卑地为这断垣
添加几片瓦砾

五

俱往矣，数天下兄弟
就在咫尺
每个月圆的午夜

还有清歌一曲

天上撒野，云端纵酒
归园做白日梦
蝴蝶飞过花丛
也是一生

2007

注：归园系安徽诗人周墙所建园林，传为赛金花故
居，2006年底，"第三代人"二十周年纪念诗会在此
举办。

春望

一

万古愁破空而来
带着八世纪回响
春天在高音区铺展
烽火点燃三月

帝国黄昏似缎
满纸烟云已老去
山河入梦，亡灵苏醒
欲拆历史迷魂阵

二

永恒像一个谎言

我努力追忆过往

浮云落日，绝尘而去

是游子抑或故人

春望一代一代

燕子如泣如诉

幽居的隐喻纷纷南渡

书写也渐感无力

三

词与物不合，这世纪

热病，让鸟惊心

时代妄自尊大

人类从不长进

羊群走失了，道路太多

我期待修辞复活

为自然留出余地

尘光各得其所

四

速度，呼吸，皮肤的声音

无限接近可能性

多年来我在母语中

周游列国，像丧家犬

等候奇迹出现，兴亡看透

金刚念解甲归田

成就一首诗，激荡

这个世界圆融的生命

五

祖国车水马龙

草木以加速度生长

八方春色压迫我

要我伤怀歌吟

要忠于一种传统
和伟大的形式主义
要桃花溅起泪水
往来成为古今

                                    2011

信赖祖先的思想和语言

季节变换，五谷生长

人事一茬茬代谢

我熟悉的世界仍在继续

不理解的也越来越多

我只是一个肉身，万物中的一种

如此信赖祖先的思想和语言

依于仁，游于艺

走在同类的坦途上

2012

雪夜访戴

兄弟，我终于到了你的门前，晨光熹微
兄弟，我穿越了整夜的风雪

昨夜我被大雪惊醒
天空满是尖叫的狐狸
我彷徨，温酒，读左思
忧从中来，心一片死寂

四周站立白色，唯有河水
在流动，有人的暖息
世道险恶行路难，兄弟
我怀念明净的剡溪

岁月苦短，好多愿望都蹉跎
每一瞬都在成为过去

于是我穿越了整夜风雪
只为胸中一场快意

此刻雾还没散尽，露水欣然
草木在阳光下渐渐苏醒
我打开了整个身躯
应和每一寸天地

"情之所钟，正在我辈"
我终要与这山川融一体
兄弟，我突然觉得可以回了
遂掉转船头，酣畅淋漓

如果你醒了，请打开那册书
如果还睡着，继续做只蝴蝶
生命倏忽即逝，悲风遗响
我要走向另一种记忆

2012

广陵散

一

日影压过来，鸦群似外套
此刻我感到了生命的寂寥

天空一片亡灵般青色
有如去年的生铁在燃烧

世界好静，虚无徐徐铺展
我还想弹一曲《广陵散》

这次人鬼同途，琴心合一
让群峰皆响，云穷水遥

二

琴弦泠泠，若石破天惊
琴弦铮铮，有戈矛纵横

北风从松下萧萧吹来
布衣之怒足以倾城

竹林早荒颓，故人已疏缈
山河满目，谁知我心焦

君子有所为有所不为
万里志空空，与光同尘

三

一个时代就是一种命运
鱼和鸟的当代史，深渊长林

世与我相违，危邦苦居啊
习习谷风吹我素琴

上不臣天子，下不事王侯
五弦里有归雁和醇酒

屋檐怨气冉冉，终有人
闻所闻而来，见所见而去

四

时辰到了，垂亡的辩证法
让这谢幕还算灿烂

余音袅袅绕行云流转
玉山将崩，天地也寂然

死不过一个概念，多么抽象
活着才具体，我已知晓

只可惜了这《广陵散》
如此曲调，竟会世再不传

2012

天命之诗

春天，忽然想写一首诗

就像池塘生青草

杨树和柳树的飞絮

打开没有选择的记忆

鱼搅动池水，鸟搅动风

蜜蜂固执盘旋眼前

一生辜负的人与事

我必须说出我的亏欠

然则秦朝的一片月光

或宋朝的一个亡灵

也许在今天不期而来

它们都有我的地址

它们让我觉得这个世界

还值得信赖，此刻

阳光抵过万卷书

往昔已去，来日风生水起

2014

在大理

放眼望去几道山林

树木葱郁，有古老的善意

云在山腰飘过

一只鸟逐云而去

我的目光随鸟飞走

万物皆知我的心思

天空清澈如先秦诸子

流淌出词语，一派光明

2014

剩山

一

这片云有我的天下忧
它飘过苍山，万木枯索
十九座峰峦一阵缄默
二十个世纪悲伤依旧
大地不仁，人民为刍狗
我一直低估了诸夏的恶
现实还能独自成立吗
湛湛青天，请示我玄珠

二

故园不堪道统的重负

东南起嘉气，驱转星斗
此时念想自彼时眼泪
菊花每开出两地乡愁
更远的溪谷，文字合物事
一个神秘的黄金年代
修辞醉春风，漫天的绿
与圣人气息，诗一样归来

三

那是我梦寐的清明厚土
日月山川仿佛醇酒
君子知耻，花开在节气
玄学被放逐，另一种气候
湿润，明朗，带转世之美
素颜的知识成为人间法
松风传来击壤歌，噫吁嚱
桃花流水悠悠，吾从周

四

自然有方法论，朔鸟啾啾
应和着庙堂上礼乐一片
飞矢射隐喻，春风秋雨
让说不出的东西失去勾连
教条皆歧义，我孤诣苦心
誓要词与物彼此唤醒
深入一种暧昧，酸性的
阴与阳之间的氤氲

五

文明会选择托命之子
谁是那仗剑佩玉的人
受惠于一次秘密的邂逅
他登高必赋，代天立言
凤凰三月至，他九月出走
留众生无数流言与传说
薄雾清晨修来封远书

山水迢递，泛月亮的青色

六

我的梦寐即天下的梦寐
而你，夕光中自负的君主
一个好事者，闪亮登场
此夜江山彻骨寒冷
阡陌连阡陌，你两手空空
西风的尽头六经如谶
城墙上站满历史谪迁户
长空深闺幽幽，吾从宋

七

而当下配不上一首哀歌
我迎风拨弄万种闲愁
光敲开睡眠，蝴蝶翩翩
一点余绪成帝国高度
锦瑟无端翻往世声
明月沧海的高蹈脚步

在时间里踏过，群峰回响
好一个迷离的有情人世

八

斑驳的断崖上遍布爻辞
美乃公器，天下共逐之
天堂与地狱邈不可及
汉语如我，有自己的命运
和牵挂，知白守黑中
我反复写作同一首诗
苍山的花色为此开明白
我原是一个词语造就的人

2015

中秋夜致柏桦

霜露、月亮、乌鹊的飞翔
南风习习，少年的梦想还可期呢

诗人在格物中学习生活
直至针尖开出会心的花朵

满世界都呼啸着奔赴未来
我们独独走回过去

南风熙熙，拂过每一个洞穴
万物都有自己的天上人间

2016

霾中风景

塔楼，树，弱音的太阳

构成一片霾中风景

鸟还在奋力飞着

亲人们翻检旧时物件

记忆弯曲，长长的隧道后

故国有另一个早晨

如果一切未走向寂灭，我想

我就要重塑传统和山河

2016

在霾中

一

重霾围困下，听肖斯塔科维奇

温一遍《浮生六记》

世上那么多活泼的心灵

微尘似的进入我的身体

我把虚无压缩成一个平面

相信天地自有秩序

但今夜，光明就这样坠落吗

甚至没发出一声唏嘘

二

此心若死，万物如何盛开

蝴蝶不再从梦中醒来

我们终需承担自己的因果

落日原是无常的歌

要驾驭怎样的法度，才能阻止

一切成为抽象的数据

在霾中我听到了自然的战栗

它和人类有同样的脉搏

2016

你的花园

——献给巍巍

紫竹、丹桂、蜡梅、陶菊、罗汉松
它们是你的世界，也将构成我的世界
杜鹃、山茶、枇杷、惠兰、八仙花
我要一一了解它们的质地
一个诗人至少懂得二十四种植物
在你的花园，我补习这门课程

我珍惜这里的每一棵树、每一丛草
脉气相连，方寸间事物常新
我爱飞来的每一只蜻蜓、蜜蜂、蝴蝶
怎样的因果才能造就一次相逢
我相信在前世，它们和你，以及我
会有一种不能舍弃的关系

这些树次第开花、结果、凋零

再长出新芽，我灵魂中的黑暗

和衰颓的流年，渐渐升起亮色

任人世多疯狂与痴妄，我只沉湎于

一种旧式的感动，你的花园里

每一株植物都有这样的身姿

我们得向植物学习啊，它们

用自己的气息，给我们暗示

草木比动物接近内心，而生命

不会是一团火，比如石头

无须绚烂，只要静默地生长

你的花园，我也该成为它的一部分

怀着正午般悲悯，日日面对群山

与伟大的亡灵对话，遥想一个盛世

众鸟奔赴未来，我独回望过去

你的花园就是历史和天下

十万兵马依稀驰走苍山东麓

我遂摘叶写下这篇诗歌

一只松鼠进来，在小径上觅食

一片樱花落下，四周悄无声息

树枝的每一次折断都会让我痛楚

你的花园里我恍惚最初的人

阳光送来古老的祝福："在此刻

我是幸福的，我将因此幸福一生"

2017

加德满都的黄昏

加德满都的黄昏

宁静得像一面镜子

风吹动着每个飘忽的身体

以及虚无背后的虚无

一个孩子走向我，他说

其实死亡是一件很简单的事

他就单纯地想死

他今年十二岁

他将在十三岁时死去

2017

无题

一

早晨我还是在花园里干活
与往常没什么两样
我知道昨日，连海都死了
一个利维坦将碾压苍山
诗歌从来不能冲锋陷阵
但能够见证一种覆灭
这个世界上，没有比词语
更坚硬更持久的东西

二

树木枯了，还会发出新芽

哲人萎了，万古长如夜

大地多久没承受这般泪水了

那么多心痛，群山也悲泣

我可以接受命运的无常

决不接受任何傲慢和暴力

世事似弈棋，我们只要最后

和天搏出一次平局

2017

我当然在乎风的形状

我当然在乎风的形状
以及它卷起的记忆和潮汐

我也在乎词的命运
要搞清楚它为什么迁徙

一条狗睁着悲悯的眼睛
告诉我盛世的样子

我要语言雷霆万钧
此刻没有那么多诗意

2017

兰亭

一

是日天朗气清，惠声和畅
万物现出各自的玄机

春风又写下一篇好辞
每一处动静皆含新意

人世辽阔，古今都成背景
永恒需依托一种形式

比如美学或者追忆
我端高酒杯，忧伤突然泛起

二

我们终究会消散啊，明月
照百川，也要留痕迹

生死是一个无解卦象
天地四时自有消息

丝管奔赴盛筵，流水修远
过去和未来就此改变

鹤群飞过，千年犹余回响
会稽到长安，汴梁到大理

2017

徽杭古道致王君

一

细雨沾衣欲湿，杏花风吹来
一片天，纷乱叙事如山瀑飞泻

断崖仿佛一个经典文本
涂满苔藓、咒语、汴梁和盐

往来的马匹看尽云霞明灭
万物皆知此心的动静

飞鸟明了隐喻，向西迁徙
耀缘师留下，冥想时间履迹

二

冷杉与杜鹃偕朝代生长
成就一个诗人，山河必定泣血

写作要内化一种背景
像这石径，每一步都是深渊

要点燃千年的冰，让杭州和徽州
弥漫宋朝暖意，好比此时

身体下起雪，一个字母击碎虚空
我们谈到传统，狮子洞大放光明

2017

冈仁波齐

一

这里的每一块石头，都是佛
词语带海拔，能指变得虚无

悲心徐徐铺展，这是觉醒的
黎明时刻，雪峰化作一只白鹤

无尽的力量涌向匍匐的荒野
万物相连，我们有相同的感受

天梯闪着光，是爱推动群星
和太阳转动，期待人类证悟

二

突破极限的肉体，可以飞翔吗
大地和天空隔着多少咒语

漫山经幡激荡心旌，我还想
再来一点莫扎特，入世元音

在稀薄空气里有怎样的战栗
恒河就将卷起怎样的潮汐

我们祈望废黜时间，如鸟儿
摆脱重力，驰向冈仁波齐

三

四方云飘来，雪山披上僧衣
一切存在只为做好自己

殊胜的土地，一个种族繁衍
每处物象皆含逆天之谶

伏藏人潜行风里，随云而去
喜马拉雅飞升，撒播宏大密法

言辞凿凿，越过刀的锋刃
尘埃为中心，彰显得救可能

四

慈悲的大河奔腾，满天星斗
像一堂花开水流的消亡课

未来已来，文明纳入一粒芥子
不再有开始，也不再有结束

我看到所有的死都漂浮未定
世界出现了一种晚期风格

每个符号都是冈仁波齐
等着众生来读，或者误读

2017

苍山下 （一）

日日

日日面对群山，我的抱负已星散

只关注生命本来的样子

清碧峰顶一朵云，像饿虎

扑过来，又闲挂在感通寺

自然有自己的游戏，人世亦然

这惬意不足以向外言说

此刻，树木欣欣长出新芽

我俨然听见了万壑松风

正午

正午的时光悠长慵倦

桂花树下适合读陶潜和王维

山岚悠悠啊，我们都爱这片虚无

以及虚无深处的一滴眼泪

此心光明，万物不再黯淡

草木坐领长风，一派欣然

众鸟返回树林过自己的生活

我向天追索云烟的语言

如何

如何赞美山林的静默

以及燕子的飞翔，当下是问题

我要格物出花，在它们之间

找到更深刻的义理

阿多诺说，没有任何抒情诗

可以面对这个物化的世界

阵阵好风吹过，我还是

感到了一种顽强的诗意

樱花

樱花璀璨，我的心智

每一秒都被混乱席卷

每片花瓣上都有一次人生

彰显什么是无常与真实

我已到知晓天命的年纪

无边花海里燕子翻飞

伟大的密勒日巴尊者说过

他的宗教是生死无悔

大风

大风吹乱苍山的云

吹乱红尘的白发，往世的微茫

夏虫吐纳长天，要我们内视

在空里把自己活成山水

半世狼突，生死都是盛宴

觥筹交错间有人高唱

"我们每刻都正在死啊"

樱花满树碧玉，随风摇曳

连夕

连夕风雨后，苍山青翠欲滴

溪谷飘着八世纪的烟岚

天上的人儿，随山灵游走

每处履迹都有我的乡愁

几只鸟在深涧长鸣

应和一个传统，到春到秋

时代不断错过，我乘云而起

最后清点这大好山河

秦王

秦王的剑气已到易水

要先于刺客把历史改动

咸阳吹起阵阵北风

最坏的可能总选择我们

一朵云飘来，先知般疾呼

是时候了，何不乘桴浮于海

昔日帆影还在么，我喁喁向天

苍山上响起八章哀歌

夜雨

夜雨打在屋檐上

像悲伤的杜鹃叫醒记忆

岁月凶残，死亡以加速度来临

又以加速度被忘记

我有一个抱负，隐秘而慵倦

却如归程遥遥无期

我们已经历那么多，还会更多

直到一切都化为灰烬

为了

为了此地创造一处彼地

为了现在发明过去

苍山十九峰，每座山头上

坐着一个苍雪，日日看云起落

"水就是空行母"，尊者说

那么，风也是，我这样想
心仪的旧友啊，此刻多愿你
化着一场雨，淅淅落下

子夜

子夜醒来，天空清澈如水
龙溪发出好听的声响
丹桂又长出几片新叶
扶桑花开着，仿佛夏季来信
一只鸟栖息在树梢
另外一只，振翅欲飞离
真是喜悦啊，平常的一个日子
我竟见秦时明月汉时空山

我写

我写恒常的诗，如水流淌
元音弹响，直抵生命的本质
月亮是最初的月亮
所有的路径都通向死亡

这个世界太多复杂的智识
其实不过文明的惩罚
我写谦卑的诗，山一样静默
万物皆有定数，包括悲伤

苍山

苍山光芒万丈，云层下
飞瀑一样的光里飘满文字
山谷幽深明亮
犹如一份终结的答案
我的前生在空中——浮现
袅袅烟岚中万花盛开
我已不想再在路上，我要说
真美啊，时间，停下来吧

2017

注："万物皆有定数，包括悲伤"语出布罗茨基；"真
美啊，时间，停下来吧"语出《浮士德》。

苍山下 （二）

独自

独自凝视苍山，好多词语

浮现如陌生真理

生命不过一个比喻

我们一代代，徒劳报废自己

天空空无一物，大地上

奔腾着粗鄙的现代性

这与我都毫无关系，我原是

存活在前朝的镜像里

黄昏

黄昏苍山让人心醉

我的人生开始做减法

这地老天荒的算术使结局

越来越清晰，年岁浩荡流逝

我们正在经历的每一天

其实就是最好的日子

我们什么也不能战胜，却总会

在同一条河流淹死两次

雨水

雨水让我更能认识自己

看清世界稳定的真相

无为寺阵阵晚钟

多年的低烧渐渐痊愈

远处烟岚像发亮的灵魂

往另一座峰顶飘去

记忆凋零，我心若生铁

誓要与苍山共老

秋风

秋风扑面，带着种族幽怨
所有吟咏者已绝尘而去
那些高蹈姿态，原是
滋生在无边血腥里
我面对的整个历史犹如镜子
照得苍山一片寒冷
落叶纷飞，闪耀末世的光
赋予诗和美新的合法性

万里
——念北海

万里路走完，回到故土
打磨梦想中的诗行
一棵树矗立苍山下
以自己的方式生长
干净灵魂面对这浮世
总有着旧式的生涩

他静静活，也静静死去

像蝴蝶飞在洱海上

不可

——致耀缘师

不可诅咒绽放的花朵

觉受是一个幻象，随生随灭

开阔的智慧生长于山林

石头如修行，欢喜也是正义

我们正渡过血泪的海洋

马匹在手掌上踏破西风

时间沦陷时一念升起

万物互连，刹那里返回

我们

我们就是文明的灰烬

燕子空衔飞扬的六经

十里苍山路，十里亡灵

满脸惊愕，泪眼泯灭古今

一种德行生出一种现实

一个地址必有一次约定

天意幽冥，凄凉之雾升起

紧锁这块被诅咒的土地

想象

想象一种传统，春日

天朗气清，我们几个

吟风，折柳，踏青草放歌

或者绕着溪水畅饮

我们会在冬天夜晚，依偎

红泥小火炉，看雪落下

此刻诗发生，只为知音而作

不染时代的喧嚣和机心

老虎

老虎将死，最后的目光

沉进泥土化作琥珀

我摊开掌心，八方风云际会

人世又到了严重时刻

我们仍在艰难前行

每一座山峦都是火焰

一片苍茫中，我立地成佛

将自身移入他人与万物

历史

历史已然中断，怎么能确定

过去和现在的价值

一页页发黄的旧书中

可会找到路径，由我穿行

汉语要召回飘远的游子

做个暗夜持灯人

他将见证一次次覆灭

为新的经验正名

我以

我以秋天的心，说出

寺中之言，鸟兽岂可同群

如果诗不能证悟真理

六月苍山一片飞雪

又是新的一年，我满怀惊惧

浮云上飘浮的还是浮云

文脉断裂了，灵魂如何安顿

我们是热爱意义的人

苍山

苍山苍凉如故。零度的

青山对应着一部青史

云烟重重，真相无法看清

任渔樵闲话把酒

我与天意订个契约

出入山水之间，俯仰成文

生命终要卸下重负

词语破碎处一切皆空

2018

注："欢喜也是正义"语出马松；"渡过血泪的海洋"语出佛陀；"将自身移入他人与万物"语出李敬泽；"我们是热爱意义的人"语出曼德尔施塔姆；"青山对应青史"语出赵汀阳；"词语破碎处"语出格奥尔格。

苍山下 （三）

二月

二月龙抬头，开白花和红花

大家都欢喜新的物候

燕子呼云唤雨，摆黑色迷阵

低音迟到，深陷轮回诅咒

我感受到前朝诰命

在每棵树上隐藏的杀气

从此只寻章摘句

或者考证寒山的衣袖

业风

业风吹来累世因缘

万物都有一己伤痛
我想知道在时间的阴面
究竟流变着什么气息
牢记年年去来之花
无限眷恋这个人世
一片虚空中把自身归零
"五九六九，沿河看柳"

昨夜

昨夜新月干净明澈
如少年雪白的衬衫
今晨黄鹂唱古谣曲
"千里草，何青青"
败舟但求出离波涛
诗歌怕见飞花啼鹃
君子已失栖身之所
苍山顶上空无一人

逆着

逆着光阴，我梦见幽暗的
荆棘里，有麒麟足印
它不该在这个时候出现啊
举世心悸我的恸哭
近来彗星袭月，白虹贯日
满山松枝激荡剑气
乾坤每一瞬都会流转
一种可怕的美就要诞生

血月

血月高悬马龙峰上，人说
黑暗魔力将被唤醒
狗一直狂吠，躁戾不安
墙角的红山茶有前世记忆
浮云去来，排列出卦象
大人死，祖国飘摇如烛
冲天火光中山川悲鸣

彼何能啊，成毁已定

碧海

碧海，青天，苍山深处
一道约请来自南诏
我怀念那个有情年岁
文章与风月素面相见
空明中一册无字书
投射大地，便作万千蒲团
鹧鸪不发浮世声，只为
崩溃的天下寻找词汇

春秋

春秋再起，过往全成幻象
或自然的一种算法
我磨砖成镜，只为此心安顿
守候历代幽寂的黄昏
世界的眼泪是一个常数
有人哭，就一定有人不哭

山水认领了新的角色
漆园之哀可以倾城

我听

我听树木生长的声音
清平悠远，仿佛负有使命
词语知气数，执着把疆域
深入到变易和无明
色空之际，火焰升起莲花
揭示灵魂不朽的事业
好诗要开出一片山河
在自己身上克服这个时代

大雪

大雪带来文明的寒意
橙子怀旧，苍山不语
并刀已忘却隔夜恩仇
群鸟犹沉溺世纪悲情
我们一生下来就老了

被白茫茫的世界遗弃
人见目前而天见久远
乱红飞过故国的残局

玉玦

玉玦隐隐发动，王气升起
长安弈棋，胜负已倾斜
纷繁变易中独守不易
写作遂成千古事业
词语要与灵魂完美结合
必执象而求以象取意
我有屠龙术，长风万顷
在苍山之巅小天下

我与

我与苍山脉气相连
动静之际，若有天人密钥
东方虚空或能思量
万法犹镜一心可照

流水今日，明月前身

狭路相逢唯是渔樵

青鸾传回云外的消息

陌上花开，汝何时归来

苍山

苍山泪水倾盆，天发杀机

一切重坠黑暗丛林

长夜碾压了往圣足音

草木犹厌红色兵气

异乡人，必得在无明里

找回自己的精神记忆

因为仁会引领我们上升

像爱转动太阳和群星

2018

注："时间的阴面"语出张文江；"牢记年年去来之花"语出世阿弥；"败舟求出波涛"语出谭嗣同；"怕见飞花啼鹃"语出张炎；"一种可怕的美"语出叶芝；"大地作蒲团"语出屠隆；"为崩溃的天下寻找词汇"语出敬文东；"世界的眼泪"两句语出贝克特；"色空之际"语出胡兰成；"在自己身上克服这个时代"语出尼采；"我们一生下来就老了"语出张枣；"人见目前天见久远"语出冯梦龙；"执象而求"语出弘一；"东方虚空"语出《金刚经》；"流水今日明月前身"语出司空图；"陌上花开"语出钱镠；"爱转动太阳和群星"语出但丁。

宋瓷颂

一

起初，是一阵风，吹过水面
自然的纹理，激荡空无的远
再返回，大地上最初的色彩
与形状被唤醒，袅袅烟岚中
哲学和诗歌开始了轻盈统治
山河跃跃欲试，言辞闪着光
涌向汴梁，一个未知的时代
要发明新风尚，把一切打开
帝国尚踌躇，不经意间，美
已到边界，建立起最高法则

二

他梦到一种颜色，雨过天青
来世灼灼光芒，点燃龙涎香
芬郁满城，二十只瑞鹤降临
白云悠悠啊，我清瘦的笔触
似金箔，只描绘不朽的行迹
火光烛空明，夜，人不能寝
词与物合，桃花薄冰中绽开
又委顿一地，我要活出绝对
苍天可鉴，凤凰非梧桐不栖
一旦赢了美，江山何妨输尽

三

在静默中求声音，如在黑里
找寻白，泥土有自己的念想
混合着夜的褶皱，炼金士的
纤纤素手，梳理着白昼疯狂
向往赤子的清澈，诸象渐渐

消失，成为色与空的教科书
看，天理在兹，而尘欲高蹈
岩石的激情静水流深，其实
我们一生努力，不就是为了
极限处脱离形体，径入永恒

四

寂灭在寂灭之外，何染纤尘
世界，太多的喧嚣，一点冷
从地心穿过火焰，雪花纷纷
在身体洒落，携带六经话语
所以一片瓷，就是一个君子
磊磊若松下清风，惊鸿暗度
高古的旷野，万物一片圆融
幽兰轻轻在日落的山梁升起
我恍若隔世，返回永生之地
夜夜看月缺月盈，不悲不喜

五

这是文明的正午，一部青史
裂缝中漏出的光，改变过去
并昭示未来，天下素面相见
燕子飞出文字，元音把时间
熔铸进空间，成就终极之诗
樱桃涅槃，一法含有一切法
万法山林流云，因此一代代
在内心的尺度中，蓦然回首
美即自然，自然即美，风啊
早已在水上写下天启的颂词

2018

赤壁

一

此刻，群鸟翻飞只为一个词
高音婉转，撩起千年幽思

黄昏深几许，吐纳白昼灰烬
成反转的象，御另一种法度

彼时月朗星稀，乌鹊无枝可依
一场火烧沸十二月的江水

我看到众生听不见的哭声
心物老矣，举头三尺有神明

二

他衣袖飘飘，乘波涛翩翩而来
烟云屏息敛气，等待花开

王朝建立又坍塌，这小传统
让长江夜夜淌最强万古愁

时间已湮灭一切，留一份空
打磨虚无，或深情的金刚杵

天上没胜负，都是渔樵闲话
人世的模仿者也要借东风

2019

月亮

秋天燃尽了热情，星辰逃离
黑暗中的月亮像僭越的王

让鲸鱼与马匹碧海里游走
给它们永恒的鳍和破空的蹄

水有些冷，浮出已死隐喻
让乌鹊向南，完成余下救赎

最后的善恶都写在天上
词语弃却外套，乘风归去

2019

梅子熟了

梅子熟了，一口饮尽西江水
轻盈肉身炭中端坐

燕子咋咋挑拨诸象
日照风过，池塘自枯荣

五马截断众流，随波逐浪
八方响声皆有刀斧意

日日是生日也是死日
休要惊起那滩白鹭

短贩人捎回祖师念想
谁与万法为伴，大吕洪钟

明明百草头具足宝藏

好雪片片不落别处

此心如动，大地当会惶恐

庭前石开出桃花千朵

虚空眨眼抛却汝的面目

漫天瓦砾纷纷来敲门

2019

庚子杂诗 （105 选 42）

十一

是夜无梦，酣睡如深海
一觉醒过世界依然

经验穷尽处，信仰升起
圣人不论六合之外

宇宙原是个完美的设计
所以该来的自然会来

万一山河大地都塌陷了
朱子说，毕竟理还在

注：网传一小行星 2 月 29 日晨可能撞上地球。

十二

一些意气渐渐消失
一些美，注定要离去

一些心痛从天上到人间
一些告别即成永别

鸟总在迁徙，云不回故里
千帆驶过沉船的滩头

一首诗就是一道伤口
一滴泪锻造一柄生铁

注：齐奥朗有句"一本书是一道伤口"。

十七

云伸向黑暗，结花冠阵

失明的青鸟带我回苍山

春雷滚过每棵树的躯干
亡灵驻扎在所有路径

隔空传来幽幽狮子吼
任死人埋葬他们的死人

断崖长啸，风结绳记事
祈望新的秩序与世运

注："任死人埋葬他们的死人"语出《马太福音》。

十八

一群白鸟列队飞过
还有三只，在空中盘旋

多美的场景啊，风清物明
它们只要随自己的本性

我活着，自由高于一切
阳光下本无新的事情

己所不欲，勿施于人
一生服膺卑微的古训

二十一

我看到汉语在废墟上哭泣
分享了它的梦想和恐惧

大雅久不作，秦朝的句法
封印一个个高蹈的亡灵

天道要求着新的叙事
苍山雪高叫：未来已来

旧世界典故出处可疑
挫败的隐喻欲重振生机

二十二

古宋到成都，北京到大理
星月寻常运行，四时不亲

向上的路也是向下的路
我已走到现在，挺好的

生命浩荡，有无都是情
飞鸿踏过隔空的雪泥

万卷书将读完，终相信
祖先的言说足可安魂

注："向上的路也是向下的路"语出赫拉克利特。

二十三，生日小感

十世纪汴梁的游士，昨日
恒河边的沐浴者，为何不是我

居家一心待开的花，抑或
普陀山的迦陵鸟，显然不是我

己亥杂诗的脚注，以及
博尔赫斯的比喻里，也没有我

多年前的今天，什么因果
落在古宋的乡村，就成了我

二十五，策兰祭

那手，刚刚翻开我的书页
也许扣下过母亲面对的扳机

我和刽子手使用同样语言
还要让它们分外美丽

死亡随德国一路狂奔
我统治词抵抗恶的加速度

奥斯维辛后，诗依然成立
赋格寸寸为见证做证

三十五

橄榄山上耶稣最后祈祷
菩提树下释迦满眼繁星

老聃出函谷留五千言
夫子梦麒麟掷笔春秋

该说的一切，都已说出
万古为何仍长如黑夜

伟大的心灵总被误读
两千年过去，再两千年

三十六

不详的预言一个又一个
撑破空，因果素面相见

我无法想象另一层时间
我唯剩此在，泪水淋漓

苦难全接收，快乐亦是
可能的选择都仅有一次

而任地覆天翻，我只要
找回母语的气息和味道

三十九，仿王维《送别》

看着你走向苍山深处
杏花杳杳酒杯空空

白云聚散古今无别
一滴眼泪流淌了千年

我们原非合格的棋手
世事铁定一盘大棋

此心只合随云而去
不复问春秋明晦消息

四十一

一位故人遗恨中走了
一个小岛绝望里沉没

大海啊此刻全是泪水
天上的马车徒然奔波

晦暗叙事魔镜般展开
不信河清竟要再白头

云烟茫茫我侧身苍山
一笔孤注证举世蹉跎

四十二，恰达耶夫《哲学书简》

我们是大地上孤零零的人
似乎一直置身时间之外

我们对文明惘然无知
也不适合任何普遍法则

晦暗的过去，缺位的道德
只为了给世界提供教训

何时才能找到种族的自我
之前还要蒙受多少灾难

四十八，苍山明月

月亮撩起最厚重虚无
亘古寒意炙烤肌肤

好想要记忆全部归零
白鹭飞过不染尘垢

君子无言，但顺天应人
随流光径入天人深处

云有心飘来，今夕何夕
一念便万千琼楼玉阁

五十二

我无感将要来临的东西
只爱往昔的某种存在

风从苍山来，雷霆万钧
仿佛行刑队傲慢君临

天象难让我认清楚当下
血肉之躯要枯木开花

还有多少耐心与世浮沉
不如回返，从先贤游

五十六

夏日雨后，我眺望苍山
一种极端的云烟美学

天空驰来八世纪的马匹

让地上肉身顿感沉重

总是与时代慢了几拍

元音不合宜，黯然沉没

高蹈的水流飘风入海

竹筏扎好，却无从摆渡

六十

夏天啊，多少手指截断众流

一片汪洋奔赴浮云

夏天啊，诗要垄断真理

兴亡之际草长莺飞

夏天啊，镜中的楚王梦雨

梅子熟透天上人间

夏天啊，柏桦在成都写下
在清朝，不再无端着急

注：张枣有诗《镜中》和《楚王梦雨》。

六十一

草木猛长，溪水轻肥
夏天的热切欲抚平沧桑

满山云烟交换记忆
我同这世界终究要和解

一滴眼泪含着冰雪
流转半世的不平与迷失

年岁逝去，身体虽变老
但看看花开忧思就消散了

注：尾两句语出藤原良房。

六十二，杭州，1276

严重的时刻，风不识相
蒙古铁骑已渡过长江

日子真美啊，再加点糖
贪欢的哲学与世俱来

春梦绕城郭，心外无物
渡鸦只聒噪前朝旧事

吾辈哀他们，五内如焚
谁在远处同样哀我们

六十三

自由或暴政，上帝的修辞术
不容置疑，拆解人类玄学

词语揭竿而起，直捣长安

一次突击就有一次因果

苍山只要擦亮几根火柴
势必点燃天下的河流

诗歌从来都在正确的路上
天空，天空，你的米开朗琪罗

注："天空，天空，你的米开朗琪罗"语出曼德尔施
塔姆。

六十四

很多声音，很多面孔
擦亮了锈迹陈年的预言

南方水深，老虎日暮
九月读经颠倒兵戈

你登上苍山，悲从心来
世间还有一万种疾苦

没落信仰者高谈阔论
一双鞋子的政治和哲学

六十六

我们的进程晦暗不明
时间坍塌于东方陷阱

死亡之书又翻过一页
里面好多悲情和歉意

我要找到什么样言辞
才能揭开种族的天命

月光下菊花呼啸而来
点燃尘封已久的谶语

七十二

又一个秋天，记忆打开

一生很长，一生无常

苍山落日有全部过往
词语南渡写思旧赋

半世古文，半世骈文
头上云烟或可安魂

所幸语言比国家古老
韵律也比历史入心

注：布罗茨基有句"语言比国家更古老，格律总是比
历史更耐久"。

七十五，中元

不要碰撞空中的众生
他们要再食一回烟火

不要触破美妙的空
我手指明月万象葱茏

流光辗转两地消息
知晓所有的来处去处

河灯逐水波一路闪耀
照着亡灵返回故土

七十六

我对现世热情有限
远离各种未知的系统

无形之手玩弄巧妙
存在永失却本来面目

万物终将成为数据
记忆会有另一种言说

我要放出全部诅咒
封印祖先最后的城楼

七十七

血红色绳索马力开足
寸寸勒紧恍惚的云朵

天空高悬起秦王利剑
逸夫处死，不许远游

满地尽是锈蚀的名字
惊慌的农历自食其果

山水间鸟儿嗅到风暴
池鹭与朱鹮集体逃亡

八十三，秋天

秋天在银杏上，秋风高调
收割树木的果实和记忆

经历了很多秋天，这一次

我要紧拽它的锋刃

要让真相浮现，待苦难
徐徐改变王朝的质地

因为深情不足以扭转流水
痴心长出三千丈白发

八十五

我说出了反省和希冀
以及对诸夏隐秘的忧心

我已深入到词语骨髓
一脚踏进色空之际

流云在苍山上时聚时散
我的不朽已然足够

君子言行当可动天地
所以每阵风都必须永存

注："我的不朽已然足够"语出塔可夫斯基；"每阵风
都必须永存"语出布莱希特。

八十六

我们的劫难从何而来
每片雪花都带着原罪

建制的正步踏碎西风
改变故土古老的节气

时代对诗人成长不利
语言已历经粗鄙篡夺

彗星在苍山顶上出没
鲸鱼在南海深处死去

注："时代对诗人成长不利"语出利维斯。

八十七

秋天，万物成熟皆有文章
知命的时节到来，风吹黍浪

一生至此如翻阅一本大书
每一页都沉重得可能被废弃

我已为汉语增添了新的气象
枯坐苍山，耻与魑魅争光

伟大的声音常常从心底升起
追远李白和杜甫，阮籍和陶潜

注："伟大的声音"语出布鲁姆。

九十一，曼德尔施塔姆在沃罗涅日

再借我一点时间，烧焦的风
现在我要探索地狱

现在还不是末日，你听
这老鼠啃噬灵魂的声音

我放下敌意，用信任的隐喻
丈量饥饿的黑土地

这些诗句是留给后世的
不详的后世，虚无的读者哦

九十二，一个梦

我深陷蜘蛛网，做困兽斗
旋转的刽子手午夜敲门

积怨的广场人声鼎沸
飞起燃烧的鱼以及马匹

海水上涨，月亮垂落
所有的开始都没有结局

火光冲天，青词的灰烬
犹赞美芳香的盛世和德行

九十三

我应该热爱他们，但此刻
很难，虚无带我上苍山

我的愿景随落日沉入黑暗
风吹过，凭什么心忧天下

我知晓的那些人类旧事
对今日问题都给不出答案

鱼龙寂寞，秋江有些冷
文字再度流亡，西出阳关

注："凭什么心忧天下"语出乐山。

九十五，维特根斯坦传

撒谎对自己有利的时候

为什么要说实话

当他盯着死亡的眼睛

逻辑与罪不再分离

自我如能做彻底清算

哲学也就失去意义

最终他懂了生命和上帝

度过了极好的一生

注：此诗源自蒙克著《维特根斯坦传》。

九十六

我拥有一种传统，却无法骄傲

真相满怀歉意，经年低烧

我痛恨一些行为，却只是沉默
因为我也会那样想，那样做

我走出苍山，遍地的炼金士
全忙着重组善恶，让灵魂上市

一切坚固的东西都如此可疑
燕子掉头而去，读寒山子

九十七，读海德格尔《诗人何为》

太初有道，混沌的世界
必要伟大的构思指向那澄明

我们终会一死，当众神遁走
在词语里留下隐隐踪迹

诗人背负闪电承接神性法度
为贫困的时代重振秩序

此刻风从苍山呼啸而来

天地之心即诗焉，天地不言

注："太初有道"语出《约翰福音》；"伟大的构思"
语出普希金。

九十八

我总是从长者那里得到力量

又从儿童那里得到启示

我让语句深入生死之际

在虚空中呼唤出爱和意义

存在无限敞开，夜积满山顶

万物的劳作永不停歇

一些声音阻着我下坠，那是

头上的星空，内心的律令

注：首两句语出树才；"头上的星空，内心的律令"

语出康德。

九十九，陈寅恪写《柳如是别传》

世事不可为，眼枯人垂泪
前朝儿女有同样的伤痛

劫尽变穷后，你因空见色
深入这一段孤怀遗恨

篆中红豆犹存当时意气
隐隐作响，翻动万顷沧海

梅花三百年一路招魂
后来如识文，或自色悟空

一〇〇，读钱谦益

雪覆盖尚湖，幸存的鸟
必须习惯新朝的温度

世丧文耶，文丧世耶
你定要找出写作的意义

水很冷，知耻者唯欠一死
我们都是时代的贰臣

秃笔余生只关春秋叙事
招魂之词已越过苍山

一〇三

回望过去，你沮丧发现
未来比想象的更为惊惧

也许我们一开始就错了
除却这无限向内的美学

比如诗，完美的桃花源
非我所非，成我之所是

词击石放歌，微言灼灼

一念间抓住真实和正义

注："一念间抓住真实和正义"语出希尼。

一〇四

卮言夜涌泉，重言困顿
寓言飞翔在苍山之巅

生活总会有新的经验
世界永远等候它的诗人

建立起一种不朽的秩序
牢笼里开出璀璨莲花

观心的燕子日日笑我
何时才能堪破文字执念

注："世界永远等候它的诗人"语出爱默生。

一〇五，仿龚自珍《己亥杂诗》之三一五

一卷诗写成，江山气衰
隐喻挂云帆奔赴沧海

孤星明灭，人与天老矣
所有忧思都沉进黑暗

我对命运已不再感惊奇
好风吹纸笔径入龙溪

天台雪重，七卷经礼毕
白茫茫大地万法空寂

2020

谢灵运

一

醉卧白云，契古人意趣
南山北山皆是吾道

先君奋起拯救了南方
留下一地烟霞癖好

世不相遇，万里流濯足
山水与命运正面对决

心生块垒形骸怎安顿
林壑助力，诗飞上碧霄

二

极目江山无不动容
南朝如红颜，亦色亦空

燕子终要飞去寻常人家
怎样的一生都是定数

彼何人啊，死也成绝响
恨不得岩上满身夕阳

另一场远足就此开始
他整夜行走月光下

2020

注："整夜行走月光下"语出加里·斯奈德。

暂寄：担当

轻舟上佛顶峰，旗杆嗟哦
群鸟应声朝向南诏城楼

面壁十年，朽木长出黄金
世间法老矣，指月望风

往昔一身洁净，万种闲情
漫天花雨不沾湿衣袖

今日因果翻转本真面目
大河，大河，谁的骨灰瓮

时间倒立，来去原为隐喻
燃灯人唯剩幽幽修辞咒

我的红山茶，我的曼荼罗

谁执念命名亘古心痛

天破地破担当便错过

苍山雪惊愕，歇不得手

浮生暂寄，一笑就成春意

满林鹧鸪齐勘毕竟空

2020

注：担当和尚，明末清初云南高僧，诗书画三绝，今
日墓存大理感通寺，寺内尚存其手书"一笑皆春"木
匾。和尚逝前书偈云："天也破，地也破，认作担当
便错过，舌头已断谁敢坐。"

《孔庙大晟乐章》， 或江文也

一

时间的灰烬里星辰隐匿
尘土回归尘土，神回归神

人天交会之处南风停驻
最初的声音如光降临

凤凰昆仑振翅，琼楼飞翔
一切尽美矣又尽善矣

它们无所在也无所不在
不悲不喜，彼法悦境

二

仁与礼闪耀，照亮长夜
变易中的不易雷霆万钧

日月丽乎天，草木丽乎土
卿云缦缦兮聚散有序

新的气象要创造新的节奏
他抚琴动操让四方匍伏

大地承载善也承载恶
世界和而不同，成于乐

三

我们原来都是诸夏的难民
为了现在必得发明过去

转世桃花重构旧日美学

麒麟或出没，鸟和鱼清明

思无邪，雅颂各得其所
每个元音自带无穷消息

发亮的马匹沂水驰骋
豪情尽随春潮，咏而归

四

与时空离散，你茕茕孑立
一种忧患残阳里踌躇

历史的断壁灵光乍泄
我集结出身清晰的韵脚

前不见古人，后不见来者
他们怎么可以杀死流水

伟大的灵魂终要回望传统
担当起承亡继绝的天命

五

在阴里生出阳，无中生出有
燃烧的鹤衔来圣王白发

一个种族携三千年乡愁
时代如何承受它的重量

几万里秋气吹动北平
每阵风都朝向一地亡灵

虚无的世界意义缺席，我们
彼此错失了最好的自己

2020

注："为了现在发明过去"语出王德威。

在十二背后

一

孩子们走进魔幻的溶洞
寻找着诗

他们叽叽喳喳的声音
打开了所有迷径

每阵风都会把他们
带进太多的可能

而在时间背后
一滴泪水悄然滑落

二

词野蛮生长
岩石蝙蝠一样飞翔

明亮热切的面孔里
当时少年升起

每一次分岔路口
如果做了另一种选择

我如何是我
他们如何成为他们

三

红色的领巾蒙住眼睛
前面一片黑暗

红色的领巾漂浮水上

命令鱼歌唱

红色的领巾过度解读后
像洞穴深处的咒语

孩子们的路还长
他们更需要光

2020

注：十二背后，地名，在贵州遵义。

登鸡足山华首门

一

从尘土到净土，一边是
刀锋，另一边也是刀锋

我来到这里，因缘和合
举世哭声中脱七世轮回

一己执念如何放得下去
万千劫灰几时穿透石壁

觉悟的云看尽花开花落
迷途的鹤惶顾南北东西

二

钟声叩响孤云，光拈花
一笑，落日熔华首成金

圣迹意深远，太上无情
该如何提振这有限生命

法镜高悬，照累世业力
一滴泪水打湿三千世界

何妨与虚空订一个契约
噫，慈悲度我此心澄明

2020

注：诺曼·马内阿有句"一边是地狱，另一边也是
地狱"。

思旧赋

一

突然天暗了，我已渡过黄河
西风奉旨追赶这惶恐的脚步

冰霜凝结旗杆，城墙的寒意
犹强秦，欲一统记忆的车轨

梁栋屋宇尚完好，燕子依稀
在虚空上筑巢，等欢宴再开

往昔玄澹又飞扬，酒盅半醉
似翩翩惊鸿，深情翻卷沧海

王朝残骸里，玉玦傲然长啸
若斯辈耶，正当言天人之际

二

穷巷深深啊，分明有你们的
神识和气息，以及浩荡离愁

新邻不晓旧事，笛声促游子
返回故里，我代天放声一哭

当时夕阳西沉，他顾影弹完
最后一个音，说广陵散绝矣

那一刻时间泪涌，洛水倒流
诸夏心灵获得了最高的尺度

松下风萧萧，一个词迸出来
检讨文明成色，与历史押韵

三

我梦见了谁的梦，桃花古渡
殷人和周人犹唱麦秀和黍离

一个世纪追逐一个世纪，我
绝望地为帝国找寻各种注解

这些狂草的流水，惊悸的鸟
中州的昼与夜，白雪的萤虫

催动着竹林叙事，蝴蝶栩栩
唉，旧世界总有感动，我们

需相互砥砺才能直面晦涩的
现实，并述大心事做无用功

四

春愁跃出纸面，你以笔为马

猛踏进皇帝的后花园，那儿

牡丹滴血，深埋的竹简残卷
赫然现宏大构思，一身新衣

燕山雪花如席，你以命作柴
点燃了轩辕台上尘封的烽火

青史欲招魂，君子要立斯文
天知道易水与昆明湖，孰冷

话说完了，兴亡自有其定数
你低头致意，任刀斧掀巨波

五

云述而不作，在黄昏的苍山
我看到了另一个时空的激荡

落日有全部过往，词语南渡
赋就大人先生的刹那与恒古

万花落深涧，不是谁都配听
广陵散，真名士皆死于复数

音容笑貌将无同，钟敲响处
鹤飞起，对有情道一声晚安

而年岁会继续，隐喻扑过来
我遂写下怀旧诗，做逍遥游

2020

哀悼一只鸟

一

冷风中，枯干的樱花树枝头
站着一只鸟，像一片树叶

我勤劳的右手念起四皈依
生命有那么多苦要承受

一种善意催动着树干的汁液
那只鸟不停鸣叫，朝向我

别的时空，我们或相互砥砺
一起赶赴科举或者边塞

二

鸟死了，追忆没走到结局
死亡是所有事物的无常

先时场景历历，现在它却
躺在泥土里，此世灯火已灭

风知道它的来去，风不惦记
一次更好的轮回或许可期

我还有悲伤，终不能决然
渡过那条奔腾的燃烧的河流

2021

注：班玛洛珠有句"死亡是所有人的无常"。

五月

年过半百，终于相信
生命有很多来回
执念吹起往世的白发
和明日的眼泪

河水一路出新意
渡口闪闪发光
对面树上，那只鸟
定要把我带回从前

五月，觉悟值得期待
南风不常不断
行星在天上运行
对我一直都很慈悲

快乐留不住啊

痛苦也会过去

年过半百，我终于

读懂了落花的句法

2021

我相信三世生命

一

我相信三世生命，却尚未起
出离心，假装岁月静好

我深陷一些执念，沉溺于
流浪的火和飞升的水

我仿佛走在自由的土地上
其实，每阵风都有编号

我面对的不是黑暗的影子
而是黑暗本身，如极权的瓮

二

无论如何都必须爱这个世界
醒来啊，远离颠倒梦想

肉身怎么都活不出新意
我抬起头，苍山拈花一笑

对真理太傲慢，却顺从
词语，蟾蜍跳出幽幽的古井

善是最高的存在，诗应该
向它无限靠近，像光照进海

2021

注："无论如何都必须爱这个世界"语出马勒。

河流振翅欲飞的时候

一

河流振翅欲飞的时候
词语开始绽放

心欲丈量天空的广袤
承接神的言说

存在是一种宏伟叙事
让我们戚戚战栗

落日谈玄，峨冠博带
庄严沉入大漠

二

末劫怎样渡，青天蒙昧
不染岩上花树

众生中的我俯瞰众生
端坐百尺竿头

大把的黑暗溢出手掌
吞噬光的伦理

白马驮来西边的典籍
立定中州精神

三

无论如何不要贬低生命
虽然，诸漏皆苦

此世的可能鸢飞鱼跃
但命名心爱事物

香烟尽处验出真教条
虚空纷纷破碎

更好的句法悄然而至
五月桥上拂过

四

这一切可否松弛下来
像你的花布衣裳

婉约的问候,像鸟儿
应和山谷回声

欢筵都会结束,何如
铭记温暖的细节

狮子在东边云中隐去
世界并未完成

2021

注："光的伦理"语出诺齐克；"世界并未完成"语出马勒伯朗士。

读曾默躬

一

阅读你等于阅读蜀山
和一种古旧的命运范式

时代的文体晦暗不明
大家都遵循传统和常识

所有的过去构成现在
你知玄知默，洗洗睡了

蠹鱼已三次啃吃神仙字
星空可有我的位置

二

旧江山撩拨起隐隐新愁
潜藏的豹子高卧千秋

母传诗书，父授内经
农事有你的来途与归路

你知晓蜀山的每一条沟壑
不在意别的村庄河流

每一块石头都理路天成
自具道、禅，以及仁

三

游走在儒释道墨之间
仿佛南风吹过川西坝子

文字识心即开始知忧患

想象周遭事物的可能

草舍茅庵皆现成诗趣
祖传美学抚慰乱世创伤

你是真的爱这个世界啊
因此要成为更好的人

四

古人此心今人亦此心
生活与艺术谁更需创新

秋天总带来种种闲愁
山雾出尘，欲作狮子吼

一树梅花推开柴门
只为在千古间找个知己

他挥挥手，万壑松萧萧
我们原枕同一片风声

五

苍山飘过一朵火烧云
心仪的先贤云端上点头

曼荼罗枯萎，将死于岁月
倾力打开每一个毛孔

我就是一匹秦砖汉瓦
燕子都望见深沉的古意

存在如找得出确切定义
书也能读到天地轰鸣

2022

注：曾默躬，蜀地先贤，诗书画刻医五者通学，以农为主，卓然大家而湮没不闻；《酉阳杂俎》载，蠹鱼三次啮食神仙字样后，化为脉望，可向星辰求丹，羽化升仙。

闲情赋

坦万虑以存诚

憩遥情于八遐

——陶潜

一

蚊子踢了我一脚，命数即改

晋耶宋耶，城头变幻大王旗

空洞的名号无须惜，山与河

打谁的封印，反正一场游戏

种桑长江边，三年期可采摘

帝国没有真相，只剩下传奇

文明老了，时代病了，诗家
高蹈的腹诽，今天怨恨昨天

他打起灯笼，白日行走街头
哪儿能找得出一个像人的人

二

所有盛世都遵循同一条铁律
对恶失忆，不追究恶的源头

从美学到存在，我倚窗格物
细细读风中飘忽的美人香草

她乘云而来，玉佩叮当作响
一种身姿让落日迟缓了步伐

缤纷的花雨拨动清弦，说美
是绝对的，生生要逼退时间

鸟儿忘回家了，停住琴声里

秋天羞惭，让黄叶重返树枝

三

愿做你衣袖，感受你的温度
或者一根丝带，绕着你纤腰

要么做你黑发的魂魄，抑或
眉间的萤火，随你顾盼飞扬

愿做卧榻的草席，守护你的
气息和春秋梦，愿做你的鞋

要么做你白日的影子，抑或
夜晚的烛光，照亮你的镜子

愿做你南山的梅花，愿做你
鸣琴的梧桐木，枕在你膝上

四

十愿联翩，我本拟重塑爱情
明日太不确定，到处不对劲

发烫的隐喻勾连深沉的念想
我做我自己，虽九死而无悔

年少游好六经，古史里那些
抽象的时刻，正好安宁相处

雪峰闪烁阳光下，宛如奔马
一排鹤过，成我究竟的老师

相思被辜负，先贤止于零度
桃花断了远游路，淹留故土

五

为闲情作赋，流水倒挂罡风

噫，一枚意识形态的小红薯

其实，人人都有一个待罪身
何如自己放逐，逃向元宇宙

世间语疏离，旷野草木疯长
我放得下骄傲，放不下自由

满堂文武研习燕子的读心术
方法论用到极致，终至悟空

道德和铁骑护着王朝的体面
人生实难，挺下去是大问题

2022

读陈子昂

一

五百年来有谁名世，他一声
长长的涕息，直接天人之际

北方的原野永远望不到尽头
乔木苍苍，犹唱麦秀和黍离

茫茫宇宙中我是谁，胜者的
经济学，算不出败者的位置

黄金台远矣，只剩一个传说
青山缄默，凭什么进入青史

他把时空的孤独生生变成了
自己的孤独，眼前更无一人

二

蜀山逶迤，他采集众山之气
建立美的范式，让雷电发生

石狮子患偏头痛，全然不识
风的高蹈，满朝尽南方轻浮

不过一世生命，他其实为了
文明而活，单挑历史的腐朽

制度更要贴心服务，他终究
是你们的野蛮人，煮鹤焚琴

明月添愁啊但明月何在，唉
我们终需经得起后浪的细读

三

蝉声疏远，秋雨中梧桐凋落
水波拽着竹影，待凤凰栖息

梅花盛开又送走一年，你们
打磨美丽的句子，政治正确

语言的秩序原是帝国的秩序
精准赞颂，每个句号都迷离

他自深入一个传统，与先贤
归去来，写伟大的尘世之诗

词语滴洒万古愁，年岁迫人
哪儿还有耐心，等时代成熟

四

世界是其所是，我一梦醒来

人天老矣，不分灌木与藤本

满洛阳城玩修辞，谁立其诚
燕子争相登场，混了个脸熟

打开一扇门，就等于关上了
另一扇门，对流水得有态度

往昔召回我，翻振雅正之声
汝知道在时间里我决不会输

我开出了新气象，山河变色
眼泪立法，要现实模仿诗歌

五

世代如落叶，诸夏的气和运
都在一行诗里，俟春风解码

亡灵僭越当下，让诗人流亡
远栖母语中，砥砺深度经验

对七世纪太陌生，他是我的
同路人，哪儿都有着幽州台

我们冲天一哭，只为唤回来
一种高古，改变物种的质地

头顶星星一通乱劈柴，涪江
碎叨叨：他的不朽已然足够

赠胡亮，2022

注："明月添愁啊但明月何在"语出欧阳江河；"伟大
的尘世之诗"语出史蒂文斯；布罗茨基有句"现实在
模仿艺术"；"世代如落叶"语出荷马。

山居赋

谢平生于知游
栖清旷于山川

——谢灵运

一

我当然不是你们，也不是在
反你们，我只想找一种句法

我回到过去，又把过去带回
现在，时间算得了什么东西

我把自己包裹进言辞，里面
历史的良心发烫，点燃泪水

自由穿上铁甲成永远的被告
我怼天怼地，只为一份尊严

鄙俗的时代，我只是个客人
不值得与你们玩深情的游戏

二

剡江和小江汇于山南，林木
让树枝发出声音，引来清风

其实对这世界，我还有话说
还憧憬着一种更宽广的形式

我勘破色与空，搁置有和无
把心放下来，在岩石上绣花

诗人的梦想岂可指摘，竖子
汝自窥天下，我与万物同在

所有数据流向云计算，看啊

终要由我来定义悲剧与不朽

三

山上有神，如是我能够找到
永恒的入口，与天建立关系

山崖顿悟，处处皆完美法身
他夜半持山而去，带走藏舟

那么多的杀戮、谎言和堕落
怎么能无视，必得做出交代

我发明了山水，并且把自己
也活成山水，唤来鱼和瀑布

它们的死亡会变成我的死亡
哦，彼处风很凉，岁月很长

四

遥想一片景象，他的杏子和
橘子，时空倒置吾将从其游

陡峭的辩证法，满山草木都
澹荡，日日高谈玄言与风月

我是我自己的隔世之人，唉
带电的少年穿过白发的云雨

蜘蛛嘴上结网，祸或从脚出
帝国的面子终究裹不住里子

我是儒者，道者，看空的鸟
卸下执念，却为山河所负累

五

伟大得有气候，我古今看尽

知一叶即知万叶，群峰颔首

词语集结，重音突破了法度
容我此世灵魂，专苍山之美

好诗堪比神谕，而他要惊神
如风吹一滩鸥鹭，真相流转

今日何日兮，亡灵抛出绣球
噫，微斯人，吾谁与醉东风

丘壑与天命正把这心迹确认
好好活，因为我们会死很久

2022

注：死海古卷有句"它们的死亡会变成他的死亡"；
"我是我自己的隔世之人"语出欧阳江河；"好好活，
因为我们会死很久"语出第欧根尼。

小园赋

草无忘忧之意
花无长乐之心

——庾信

一

小径醉氧，丹桂遮住半片天
香气仿佛往事，径直入心腑

菁草疯狂生长，像王的抱负
园门如长闭，岁月自然静好

紫竹三竿或两竿，思想磅礴
蝴蝶不亲，自己做一个美梦

鱼半日蹉跎，听我弹奏流水
鸟怀巨大乡愁，所以逐酒来

夜晚总有星星进行道德追问
你读完了万卷书，为江南痛

二

百年的雀入海后，会变成蛤
唯有吾辈，千年还一样共情

将军此去久已矣，大树飘零
小园作赋，词气划破夜与昼

我栖息在汉语里，一生萧瑟
汝知我，原来是天涯伤心人

世界往左，我却向右边倒下
含盐的器官已让方法论破产

云朵落到枕头上，何必当真

树叶翻飞，一世生命又走过

三

燕子雪中瑟瑟发抖，哆嗦说
今年寒冷超过往，圣人无情

诸夏又到严重的时刻，南方
一朝瓦解，要我见证并记录

不管现实多撕裂，都要遵从
美的法则，我们唯一的政治

星辰大地坍塌了，还有诗歌
对得起这园中的每一株植物

该死的目空一切的时代，我
在任何地方，唯独不在此处

四

长安啊，我和你两两相看着
始终陌生，何如乘桴浮于海

所有的恶都匿名，灾异书写
百转千回，为南朝留下体面

他们都死了，然则我还活着
并成野蛮的一分子，活下去

就是我的责任，不幸的故国
我来做你的搬运工和入殓师

因为共业须共担，游戏继续
只有伟大的心灵能死得其所

五

小园如镜，照见一个隔世我

流亡在道统中，像一片落花

秋深了，蜻蜓们会往哪儿去
宏大叙事里，我看破一个局

土星出位，告诉我命犯太岁
存在变得险峻，渐隐入黑暗

永恒是一种幻觉，我走完了
该走的路，现在要叩响虚空

我写就天意人事，悲哀为主
暮色苍茫处，诗章撼动山河

2022

注："该死的目空一切的时代"语出庞德；"我在任何
地方，唯独不在此处"语出戈达尔；"搬运工和入殓
师"语出鲍德里亚；"只有伟大的心灵能死得其所"
语出加缪。

碧岩录 （100 选 97）

语言如果成立

意义自会显现

——题记

一 雨后

雨后的苍山万法流布

云中惊现这碧岩，当头一喝

鸟闻声相悦，衔来满纸话头

落花乱坠牵动成毁天气

那么，如何是写作的最高法则

一卷书成帝国轰然崩塌

东方起嘉气，他奔赴娑婆地
甫开口道路就长满荆棘

谁识得这语法谁就识得真心
我其实在乎手指超过月亮

世界有大神秘成其所是
凡不可言说者，皆以诗说之

二　半世

半世已然，皆不在明白里
流水过刀锋何曾飞去

心上一杆秤，只秤虚空
山河岁月都转归自己

时时拣择最后无从拣择
谁能替我生，谁能替我死

日出东山，月亮便落西山

多少事物住在言端语端

骷髅里的眼睛犹放光明
龙吟枯木中，血脉未了断

此心如动，大地当会惶恐
一句诗飘落百味俱足

三　我不

我不问是非，一向安好
天天但见日出月出

龙溪的水声逐樱花而来
另一个世界就此打开

无须面对最高真理
也无须逃避生死的流转

怎么都可以，怎么都不可以
多少次扎进苍龙窟里

金鸡报晓让炉火发亮

前途路滑，打铁如打江山

当年也曾驱马驹踏杀天下

一剑连削五帝三皇

四　青天

青天白日说道都是多余

谁被时间使，谁又使得时间

过去心未来心何为此心

我挑一担虚空，敢立地成佛

平地风雷，钟声敲亏月亮

火光明灭之际一念婉转千回

天堂地狱如馒头，一把掷来

狭路相逢唯勇者能胜出

文明的沉疴雪上加霜意
我遇祖杀祖，不怕下不得手

今日苍山顶上雷霆万钧
他端坐闪电里，打风打雨

五　王朝

王朝抛出去只一粒樱桃
或我的一只眼，把兴亡收尽

牛头马头变换城头旗帜
多少英雄要翻起镜中尘埃

善者不来，来者也不会善
汝临水照出自己的身影

他一声棒喝斩杀天下狐狸
锦绣大地啊伏尸万里

鹳雀楼登高，轩辕台击鼓

潜沉的豹子出没阳光下

一百个春天——看遍
唯有诗能把我和人世勾连

六　先贤

先贤远去了，气息还在
留一地词语让来者慎入

他出生成长牧牛行脚
两手空空，日日是好日

日日是好日，坐断昨日明日
有无之际百圣消声

一粒尘埃飞起，大千绽开
汝该走就走该来就来

我已踏破了往昔的流水声
点燃燕子掠过的路径

苍山妄想打遍，草长烟起
岩上花树惹群莺乱啼

七　太初

太初有言，言与万法同在
明月朗朗照彻沧海

莲花未出水，白发欲作响
我一叶遮住本来面目

云的聚散泄露了多少天机
每一缕春风都带着消息

不祥的谶谣流布四野
谁能听得懂鹧鸪的私语

他面如血盆，牙如剑树
一口吞进古今豪杰

三月三，水仙乘鲤鱼去了
几滴眼泪流过红旗

八　我就

我就是我自己，躺下即平
天知道种子如何发芽

人世已到了狂悖时刻
说一句真理，我满面惭惶

秦时明月升起可是诗
汝怼天怼地，什么不是诗

一个词就是一道绞索
语言坍塌处放射出光明

谁弹奏千古如弹奏春风
他有方便法门不惧眉眼脱落

镰刀凶猛，一路横扫过来

我在苍山上向植物道歉

九　他有

他有事自在无事也自在
落日美酒，有无都在镜中

风吹动前世今生的记忆
有句无句都成诗意

燕子随念流转，痛失杀机
电光石火间桑田沧海

这里山还是山水还是水
白鹭上青天，何须达摩西来

东门和西门，南门和北门
四门都打开任我出入

觉醒的技艺生发出意义
道路振衣宽带，呼啸而去

十 一声

一声呵斥回到最初的天地
果实开又落，遗响千年

染病的向日葵一代代坍塌
自由在路上从未抵达

什么刀子在手，敢骑虎头
几百双草鞋穿过艳阳天

旗杆上的黄雀强作解人
岩石开牡丹，火中涌泉水

即破即立，我要人境俱夺
说得太多怕汝死于句下

我要让汉语再度飞起来
胆怯的文明焕发出新生机

十一　我藏

我藏有一卷诗，撼天动地
行星都要围绕它运行

我自说自话追古抚今
你们也许懂，也许不懂

石头开悟，何处是今日
一个种族就这样迷失

喧嚣与静默有秘密的通道
词和物生长，不即不离

先知跌落杏坛满地找牙
大唐国里谁敢做诗人

放不下的一切我都担着
独立佛顶峰，替苍生忧心

十二　如何

如何才能明了活着的合法性
谁来告诉我风的本来面目

世界是个梦，把它做下去
行星啊不要把我撞醒

南方竹北方木点燃四方烽火
每个王朝都只有麻三斤

今上投下胜负手渡盛世劫
海水茫茫没过泰山顶

禅语可以不仁，诗语必险
诸夏已死在圣人的话中

燕子开始飞回那些寻常人家
夜夜惦记着贼来敲门

十三　明月

明月藏白鹭，白马入芦花
佛魔不到处有何究竟

我问你要最初的本心
你从怀中掏出了一片云

我是谁我是你你是谁
九十六种外道，谁在台上

红旗下起清风，谁在戏中
江山不论龙蛇的出处

老虎脱机关，狮子反扑来
我句到意到开出新气象

语言但觉醒经验就激越
时代如银啊诗歌如雪

十四　苍山

苍山以言遣言，以机夺机
虎豹豺狼中度化有情

拄杖子挥出，虚空也痛
太阳戴上了黑色眼镜

业力不可灭，汝何处藏身
他截断众流涵盖乾坤

我随波逐浪还对一说
香茶留释子，秋草送故人

阎浮树下碧血开黄花
匹夫如怒，五步可杀一王

大道在眼前，我只走一边
生死流转里立定精神

十五　过去

过去的时间与现在的时间
全存在于未来的时间

过去的我与现在的我
却不会是未来的我

言辞起兴处白云千里
觅句如探虎，只宗第一义

亡灵在后，影子在前
我就是我的桃花源

他一路打翻帝国的教条
我敢入龙潭同生同死

苍山若明镜，狮来狮吼
群峰无语而万法已现

十六　成毁

成毁源于一念，烈日灼心
光为照进黑暗领一份罪

天命蠕动，谁收到信息
秦关万里处处隐兵气

向上的路就是向下的路
我一步踏将去，孤危横绝

我要用一种语言发明自己
用古老的汉语朝向未来

一首诗的写成岂止靠人力
四面八方须翻起大波澜

噫，天上天下唯汝独尊
世界是个蛋，一棒就玩完

十七　凄凉

凄凉今古，眼中三两蝴蝶
百草头上罢却干戈

谁也不可能战胜时间
我一句了然，悬崖撒手

他扔出瓦砾，打在竹子上
一声轻响中彻见自己

帝国久坐成劳，鱼行水浊
十八路反王焚起狼烟

何处可得历史的口令
答一句颠倒，明几许心迹

一个时代就这样结束了
竟没留下最后的体面

十八　我是

我是你的一个妄想
我们相互成全，或辜负

桃李不知人世的玄学
依旧次第开花结果

苍蝇飞进半开的书页
它原也是一个血肉之躯

云中飘来一座无缝塔
多少英雄死于狂禅

湘水之南潭州之北
笼子扑向所有的鸟儿

虚空落地，柏树子成佛
我已经见过了万物

十九　一头

一头狮子里有百亿狮子
一朵花开，宇宙都会醒来

天有一个声音，谁能听见
词语破碎处圣人无情

这世界只配那竖起的中指
时间在指上匆匆流逝

陆地次第沉没，汝有何说
他把一根浮木投进沧海

今日五星连成一串珠子
十万贼兵围城，但念般若

四面八方都是痛哭声
人世比着惨，飞鸟相与还

二十　我怀

我怀小志向，无以名目
有意无意都是浮云

从生到死不合时宜
我拈起一朵花掀翻大海

苍茫暮色中远山无限
老虎不起跳，难得相见

九世纪祖师飞来的棒子
重重砸在我的头上

我写下一卷诗，仿佛沙砾
没有开始也没有结束

吾辈都活在时代里
而他将要开出一个时代

二十一　莲花

莲花未出水也是莲花
我寻第一句，上天入地

存在即此在，出门便见道
你带来一个太平时节

记忆藏大海，意动浪起
风吹过坐断千古言语

过去未来只就一件事
此心若深潭，不拒亦不迎

江南江北，眼前有景道得
他伸出一指挑起日月

山河大地我全都执着
还有阳光下的有情生命

二十二　意义

意义险峻中求，开悟亦然
南山有大蛇把住要关

芬芳的妖意朝暮化云雨
青青少年读过小艳诗

言辞果真从胸襟中流出
白骨也可再生起肌肤

神识不滞，毒信如闪电
三千里外取一枚头颅

七个蒲团坐破，还是黑暗
何如此刻把帘布掀开

他斩蛇起义，突万千重围
我养浩然气守一方天地

二十三　野草

野草离离，爬上妙高峰顶
白骨草丛里沉思来生

一切过往皆不容商量
彼时无英雄，使竖子成名

三千年变局正演得火热
今春桃花只开了两分

他把一副好牌打得稀烂
大地茫茫愁杀眼前人

眼如可自见，耳便可自闻
世界的创伤不必负责

当下只是一根干屎橛
一说就俗，我手起刀落

二十四　高高

高高峰顶立，深深海底行
诗人自有诗人的风景

大唐国打鼓，新罗国起舞
我们共同看过一次落日

你走向潇湘，我奔赴秦关
华林遍地都是凄凉雾

呼牛我也应，呼马我也应
锋芒全为你一一收起

生不知来处，死不知去处
万里常作客不如归家

第一机错过，我偃息干戈
打开六经替苍山辩护

二十五　我从

我从何而来向何而去
拄杖子没有任何消息

千峰万峰留不住诗意
石头的惶恐浩荡无边

眼睛要住下一片灵山
耳朵就涌入万顷沧海

时代的脑后处处见腮
我守着寒岩莫与往来

流水茫茫，落花纷纷
英雄美人皆满面尘垢

汝看黑是黑看白是白
虚空里打进一根钉子

二十六　不要

不要此身会成哪一身
不生今世会在哪一世

夏虫听闻冬日的光景
苍山之巅亲近星辰

往昔儿女语，都作天人声
我挟诗艺欲颠倒乾坤

举头是残照，夕阳在西
满地鸡毛翻卷令旗

他照破天下一骑绝尘
汝见神见鬼歧路悲泣

如去如来如花落花开
马龙峰上万里无云

二十七　树凋

树凋叶落的时候，唉
我梦想着文王，体露金风

他一箭射穿星辰大海
众神在上，我认识那手法

然后，一千次意外发生在
高原和平原，带着血酬

杂木堂前生，野鸟飞入朝
恣意升级暴力的浓度

黑暗降临，我们或因恐惧
而成为黑暗的一部分

疯狂的石榴树四处逡巡
今夜月似弯弓，刀斩碧空

二十八 我知

我知道窗外雨点的数目
用一生来游戏语言

雨中的圣人草鞋踏破
有道无道自己知道

我骑上白塔驰向苍山
除死之外还有大事

他五百年来面南看北斗
水清月现时飞鸟断头

荒野弹奏七弦琴，空中
钟作钟鸣鼓作鼓响

诗人要为这末法的时代
提振最后一口风云气

三十　言辞

言辞转动万物，我们身处
一个大悲剧却一无所觉

白日青天里，他梦中说梦
一个高古的绝对的萝卜

山坡上的麦子熟了吗
汝知哪棵是我的本来面目

长记江南三月，顽石点头
一鸢一草都获得自由

他搁置死亡与自己争吵
我看到光，却看不清事物

始见桃花后，至今犹狐疑
寥寥虚空啊是有是无

三十一　一页

一页书打开，与时代抵牾
每个字上都站着好多人

我四处寻找善，却只发现恶
覆巢的燕子操天下的心

虚空给予诗歌明确的尺度
汝骑着风头一路向西

河流从来不曾生是生非
有意阻断我们的行脚

王朝成碎片，我披发左衽
收拾起那些灰烬的言辞

执念让秋气无地自容
如此轻慢这世界，我道歉

三十二　无限

无限的祖师阳光般
覆盖我，天天一碗赵州茶

我手似佛手，我脚似驴脚
我手脚并用破壁而出

他万物皆备，随处做主
千古万古悉如春风

而我也是万物中的一个
自有明亮的绽放凋落

语言被遮蔽和伤害的地方
所有种子都无法生长

今年霜降早，荞麦总不收
我一刀飞起斩断黄河

三十三　在语

在语言的机锋上腾挪反杀
诗人要唤出灵性和生命

触目是道，十方浩浩
当下的一切该如何命名

人在桥上走，桥流水不流
汝进亦无门退亦无路

吾辈何时变得这般挫败
实实辜负了大好山河

有些罪愆，风即可以救赎
看空的燕子不屑去死

诗歌就是在绝望的土地上
撒下一粒希望的种子

三十四 世代

世代的误读早成为教条
唉，现在是绝对的

我的箭只瞄向自己
一个人的战斗悄无声息

千山万山走遍，终有座
万古到不得的高山

我要重新与鸟儿和树木
建立一种特殊的关系

左顾无暇，右盼已老
哪有工夫为长江水起早

我既是弓箭也是靶心
如汝既是词语也是诗句

三十五　一生

一生有很多的瞬间
每一个瞬间都伴随着永远

无限的祖师星辰般闪烁
乌鹊绕树，如何上路

天下将亡时贤者遁去
落叶填满了不安的山谷

鸟成空的家，鱼是水的命
梦杀死了做梦的人

早晨我走出我的躯体
词语找到我，要诗我合一

好风吹过，碧岩一声赞叹
噫，前三三与后三三

三十六 随芳

随芳草而去，逐落花归来
秋天的露珠滴在莲叶上

孤鹤立寒木，老猿啸古台
汝掘地三尺埋葬无限意

心灵张弓，一射必要绝命
洞庭湖里水满了吗

死走进死，风景走出风景
黄鹤楼下不成诗句

他接种黑暗，对光明免疫
我跳入深渊一探究竟

王朝如花瓶，一脚踢倒
墨水打湿世故的修辞

三十七　三界

三界无法，何处求心
苍山东麓驰过十万甲兵

白云为盖，流泉作琴
谁会知晓植物的秋水意

前念已灭，后念未生
一句话头就要吞却乾坤

饥了吃饭，困了即眠
几盘酒肉断送野鬼闲神

魔来也扫，佛来也扫
旧式激情将迎接新风暴

坐在树下，拍拍脑门
脱却了生死还能去哪里

三十八　真相

真相诡异，数字透着凉气
两千年遗产照单全收

历史灰烬里燕子惊起
只有人，能为虚无赴死

东边钟响，西边雪崩
帝国的脉象诡异若深宫

梦里豪言不需要嘴
鸟儿欲飞过镜中的山水

他对着苍山狂念诗篇
要在千古间寻一个知己

我解放语言让汉水倒流
人发杀机，翻覆天地

三十九　我们

我们如尘埃般相爱
死句活句中一路走来

流水翕翕，杨柳依依
小艳诗里有大玄机

少年风流事谁知晓
窗外落花，浪子归家

月亮其实只在天上
一腔忧患都没了模样

生死到来该如何回避
他抖擞精神透关去

长安点火，苍山起烟
金毛狮子隐约云间

四十　庭前

庭前一枝花说大梦语
天地我同根，万物我一体

金刚眼看遍，世无知音
汝手提古佛走出丛林

一叶扁舟过了洞庭湖
透得那边，才能真自由

霜天月落彻见英雄美人
委委佗佗，如山如河

暴君让帝国更加壮丽
非这般不能成全一段传奇

如是我将善待每个好梦
在字里行间布满魔法

四十一　即生

即生即死，即死即生
杀尽死人方能见活人

因缘和合，暂时凑泊
是大丈夫自当磊与落

业镜扑破，透出虚空
头临白刃犹似斩春风

长江恒流，黄河何终
逝者如斯夫不舍昼夜

道路以目，指鹿为马
世相这般汝还再来否

渡生死劫须起菩萨心
兵伐咸阳，日出必到

四十二　我阅

我阅读长夜，被星星认出
九世纪的那次因果

青天蒙昧，听汝谈空
好雪片片不落别处

苦难不黏滞，快乐不执着
燕子脱下僭越的外套

茫茫大地如何下脚
我必用语言来超越语言

他撒手悬崖成自己的主人
万物离去还要召唤回来

鱼深究水，鸟沉思风
此岸与彼岸有条件相通

四十三　行走

行走刀锋上，岂容迟疑
衣袖里裁出一片苍山

四时无情，却值得信任
执念不起何来寒暑

蛙夜半跳进古池塘
扑通声胜过所有的思想

我一浪游者，时时在路上
心不停驻任何地方

贼人拂袖去，月光倚窗前
他满屋捕捉隐喻的意义

词语的小诡计爬上铁牛
划开一道发亮的口子

四十四　一场

一场对话没有结局
帝国狂悖无主，谁在击鼓

与王朝对峙了半世
终被它吞噬，唯有击鼓

我的黑暗堆积如雨
倾覆一片天，恍若击鼓

风景不殊山河多异
今上反应过度，我来击鼓

想着放下时已放不下去
秦关处处闻声而动

万顷清风已背负了千年
何如一把掷向五湖

四十五　万法

万法归一，一归何处
心无住时只拳打老师傅

我相信一种古旧的思想
满腔热情喝茶晒太阳

正道弥天却没求道者
苦难盈地哪有受苦的人

不能再折腾这世界了
无所事事是最好的命数

也不要时时期待明天
因为明天实在难以知晓

醒了以后任由自己活着
继续感受悲伤和喜悦

四十六　我哭

我哭泣因为我想哭泣
雨滴穿透千年石壁

如来从来不谤众生
众生却永远抱怨自己

雨水泪水金刚火焰
万古愁里有万古深情

他突破肉体革天之命
石头开悟一声喝断

苦难和死亡如是虚构
真相就在一杯茶里

生命究竟该怎样言说
南山北山倾盆大雨

四十七　四时

四时运行，万物并生
谁在后面转动乾坤

一念既起，八方攀缘
构成我们的小宇宙

除了自己的精神活动
没有什么是真实的

也莫谈意义，自然而已
汝就活在一道光里

每个人都有他的五更钟
可以听到生死和天地

南山的花朵不看不开
我把朽木格出黄金

四十八　道不

道不出语言后面的东西
岂能称作一个诗人

虚空如打破汝不能缝补
猛虎端坐大路中间

苍山顶上阵阵悲号
谁不是蝼蚁可逃脱苟且

当时只要踢翻锅鼎
天知道我也会起兵亡秦

去年钟爱过的一只蝴蝶
今年又飞到了窗前

逆水之波何如顺水之意
象征漂移，鸟迁徙

四十九 至强

至强的风改变了修辞方向
桃花水汤汤鱼跃龙门

千钧之弩为鼹鼠发机
词语铩羽处，建立最高诗学

落叶上枝梢，抵达了不抵达
能指与所指无尽纠缠

语言如成立，意义自显现
满山话头逆着天惊艳

以长虹为线明月为钩
他洒几掬英雄泪，欲钓神州

汝天上人间打破樊笼
与自然共在，废黜一个时代

五十　佛具

佛具三十二相，不落吃相
十字街头解开布袋

有限里才能看到无限，咦
一茶一饭撼动存在

外套抛却，且过云水生活
真心难容善恶进入

北斗仍在北，南斗还在南
灞桥杨柳不问长安

夜行人侵犯了黑夜的权利
他的袖中藏着东海

丛林红旗闪烁，苍山风起
但发明一片新田地

五十一　诗意

诗意在路上，如何抵达
我心勾连失眠的群山

举世滔滔，他孤注一掷
多少卮言可以重来

如龙无足如虎戴角
心中碧岩汝道得尽么

一句果真能顶一万句
三世诸佛都立下风

时代沉浊不配好话语
鼓声响起且吃饭去

五十年来总成一梦
何如归家，看门前雪

五十二　春风

春风踌躇，先知岂是帝王师
他的独木桥足以渡驴渡马

万物在意义中，因意义而活
苍天，苍天，今日不答话

每只蝼蚁都参与王朝进程
西边向西，三十年未见一人

谶言挂云下，开出梅花
黄鹤楼前的鹦鹉洲随汝去吧

心里住一个小纳粹东说西说
大路无形，条条通长安

我拆解山河像拆解句法
一首好诗生成，让时间悲伤

五十三 一只

一只野鸭从眼前飞过
你问我，那是什么

我说是一只野鸭子
或一个执念，奔赴死

生命需要重新检讨
风吹皱春水干卿何事

每个和尚如都说谎
千年铁索落在我身上

劫难正为着约定而来
亡灵还值得抱紧么

我心猿意马冒犯群鸟
草鞋没样边打边像

五十四　我在

我在找一种古典的力量
来对抗当下的晦暗

我生长的文明如此成熟
每个人都成它的同谋

我要么是一切，或者
什么都不是，像报废的瓮

我朝未来的莫测背转身去
与想象的祖师安宁相处

他们或许就是我的一个梦
而我又端坐谁的梦中

我其实就活在语言里
并在语言里不断完成自己

五十五　放眼

放眼望去心中忧伤
继续热爱山林和玄学

世既弃我，我亦弃世
左手切切温暖右手

生耶死耶不道不道
一首诗要如何写到老

千句万句其实就一句
生得清澈死得明白

没有胜利值得赢取
也没有终点需要抵达

银杏叶落一地金黄
起风了，燕子已过江

五十六　一生

一生会遇到很多问题
还好，我能给出诗的答案

我可以用语言了断一切
一句话唤回转世桃花

生命是一个不易的象
所有的告别都无须惧怕

我们仅存于特定的时空
在某个时刻走向黑暗

星辰让哲学不自信
他振棒一喝，我三日耳聋

我知空执有，在苍山下
倚着东风看渔樵闲话

五十七　至道

至道无难，唯嫌拣择
和尚，如何是不拣择

天上天下，唯我独尊
小子，蚊虻敢戏猛风

万法本闲而人自喧闹
和尚，虎须拔不得么

小子，今朝云又升起
虚空出世只在你脚底

眼前明亮若有一道光
我自觉醒招谁的言语

宁愿叫皇上的江山乱
不可以悟道的次第断

五十八　到处

到处都是黑暗，和尚
一次拣择，一个巢窟

佛说有漏皆苦，小子
一切制度皆自带邪恶

和尚，一叶舟载大唐
劫难到来该如何闪躲

小子，古镜果需打磨
百年后还会有诗人么

妄言风一般塞断众口
南北东西，乌飞兔走

宁愿叫皇上的江山乱
不可以良知的根子断

五十九　落了

落了语言，就是拣择
和尚，那么诗人何为

但莫憎爱，洞然明白
小子，月亮哪里升起

神或魔的小孤儿，唉
和尚，深情正在吾辈

传奇和赝品岂能当真
小子，如来不负苍生

水洒不着，风吹不入
世界的本质如何言说

宁愿叫皇上的江山乱
不可以诗歌的翅膀断

六十 从来

从来没有改变，从来
一治一乱，无尽循环

历史世故得让人绝望
望气者满脸地老天荒

每缕清风皆打上编号
山河大地全都有主人

前汉后汉把揽了天下
临终时已不剩半毛钱

由此我热爱抽象事物
比如玄学和浩荡星辰

桃花水激越鱼过禹门
拄杖化为龙吞却乾坤

六十一　天得

天得一以清，地得一以宁
人得一就瞎搞事情

传说五百年必有王者兴起
不见大言者早已死去

心灵与文字，哪一个先衰败
他游戏众生却不晓天意

想起那么多亡灵的哭声
我怎么可以要求慷慨和公正

世界那样了，我们还这样
满山杜鹃唤汝到何方

清风有情，吹进桃源最深处
现在对过去要负责任

六十三 总有

总有人来生，总有人去死
生死其实无须大词

他真理在手，刀枪不入
原来石头也需要救赎

众口滔滔拨动烟尘
让大地疲惫，让红旗痛

一旦沉溺进一个教条
狗嘴里就可以吐出象牙

我每天推开路上的怨声
只为赞叹山河之美

然后再改变语言的方向
一切如空，杀之何妨

六十四 如何

如何才能让一只鸟活下去
我仔细打量周遭的汉语

风格就能呈现一种苦难
他头顶草鞋走进浮云

死者不会说出他的故事
任性的桃花收起高音

白发流亡，自怨自艾
我上苍山数点满地慈悲

当你返回来气喘吁吁
茄子飞在空中拉响二胡

一只鸟如火焰里藏身
汉语之美点燃秦时明月

六十五　不问

不问有言，不问无言
头上三尺自现妙庄严

但出语句，尽属法尘
举手投足都会表错情

言路带响，句法藏锋
弹指三下就唤回清风

本自不生，今亦不灭
该发生的更不必拒绝

梦中说梦，梦至大唐
剑气出长安直冲牛斗

山河奔走，云肥诗瘦
万钧雷霆堆积在胸口

六十六　肉身

肉身沉重，无暇去彻悟
逃或不逃都是一样

我来的地方你们都缺席
无人去问存在是什么

满地骷髅说着前世今生
谁没有自己的桃花源

他弹冠振衣把死蛇玩活
三日栖息同一棵桑树

逆来顺受何如逆来逆受
拼得身剐拉皇帝下马

民间起兵重现昔日光景
黄巢过后寸草不留

六十七　梦想

梦想穿得过一粒尘埃
面对苍山，谁敢谈永恒

声音总是能抵达耳朵
伟大与渺小都有份庄重

总在徒劳地找寻价值
万物服从美，走向绝对

流水带走了多年的不平
飞鸟依人，不问出处

奔腾的念头捧在手上
记住了记忆忘却了遗忘

一声长啸后兴亡已易位
皮肤脱落尽唯有真实

六十八　你在

你在感通寺里
找寻着担当和欢喜

我说，你就是担当
你在找寻自己

那么，我又是谁
你说我叫赵野

赵野不就是担当吗
你一笑满地春意

世界需要一种德行
可以建造，可以写诗

所以担当是我的象
赵野是你的形

六十九　刀锋

刀锋下词语一片哗然
汝跑心猿，谁来射杀

我到底活在什么国度
大言炎炎，小言詹詹

受控的声音幽微难辨
风中飘着积怨的粟米

我唯一的自由是放弃
一卦挺立，六爻潜行

永远憎恨，永远接受
在最绝望处抽身离去

年过半百与万物为善
大火燃过头顶的雪山

七十　有了

有了语言，才有世界
因为命名而成其所是

万年一念，一念万年
好诗必定在第一义里

我在苍山上拣择词语
它们全都是我的俊友

满山石头发出呼啸声
过了长安，逼近龙门

我只关心人类的处境
不惜殖民最远的行星

一念迷了，诗滞万物
一念如悟则万物皆诗

七十一　时间

时间不停流走，还好
我们可游戏天人之际

每一个字都跃跃欲试
找到感受事物的方式

汉语一身无辜的创伤
而我要把它守护到底

还那些名词本来面目
像解放了的饥渴的鹤

四时运行，天何言哉
青春一去就拽不回来

诗要摧毁人世的秩序
千里万里，高打高举

七十二　挑着

挑着一担词子子独行
前不挨村，后不接店

我感到肩上越来越重
它们正在被亡灵唤醒

记忆有一种弦外之音
着急的元音窃窃私语

我汲汲涉过古代流水
找回汉语奇妙的语感

事物如果已含义明确
何必还要来招惹诗歌

我安置好所有的韵脚
向天空弹出一道响指

七十三　纵然

纵然千古万古漆黑一片
在大地上，我已劳作四十年

我磨砖成镜，只为说出静默
让诗走在正确的路上

心灵如诚恳，肉体自会飞升
过时的灵魂都值得信任

明月清风供养十方诸佛
日出日落，万物有边界活着

我向龙溪洒进一滴墨水
诗意无处不在，白鹭四面飞来

抬起头，我等着被天空
和一个古老大陆把自己确认

七十四　我的

我的言辞和龙溪的流水
都源自一种忧患，诸夏实难

我和我脚下这片土地
有无尽宿命，像古老的谶语

我继承的手艺，它们
常常发疯，飞起来将我反噬

当下世界如此不确定
我追慕先贤，日日凝望苍山

一个时代奔着无耻去了
鸟固执地叫，向风展示本意

我在赞颂和修辞中得到救赎
心戚戚焉成了一个诗人

七十五　诗不

诗不会成为真理，但一定
有真理性，像河流流淌

诗人逆流而上，打开秘境
等着你进去然后完成

我放飞鹞子，光发出声音
一粒尘埃也自负使命

这些工作其实一无所获
除了得到一个鲜活的灵魂

沧溟最深处原有一方沃土
生长雪花、豹子和樱桃

他骑鱼缓缓上了青天
半只烧饼唱出高山流水

七十六 昨夜

昨夜，他梦见了白光满室
世上多一个悟空的人

我刚吞进一粒绿色的药丸
说能让眼睛更加明亮

结局到来前谁识得谁
春风陌上，与历史做知己

我们拥有并拿得出手的
唯灵性，这大陆奇异的呼吸

一只蜻蜓望着一只蝴蝶
像帝国和我彼此敌视

悲伤的耳朵不再分辨
泰山沉落时是否还押古韵

七十七　面对

面对绝对，还能往上溯吗
我在一个雨天沉思可疑的山水

记忆循着季风的路往返
灵魂困在肉体里，彼此难相认

他孤注一掷，跌出三界外
我怀念刚刚飞过去的那只燕子

噩梦如果此世不能做完
我一个诗人，该如何冒犯来世

暧昧的帝国要一种含混的风格
而我在苍山上发愤抒情

世界旦夕之间，永生的焦虑症
像一把发着高烧的椅子

七十八　要是

要是当下找不到位置
还能去哪个时代哪个国度

一对雉鸟追逐着飞向苍山
我看到了它们的幸福

世界像个鬼魂，可以入诗
仿佛微尘转动大法轮

我只计较修辞不计较善恶
在韵脚里听见了风声

站到传统这边，起个大早
阳光下修剪完一棵树

活着是一件多么荒凉的事
所有生长都无法完成

七十九　一切

一切声是佛声，所以
一切动和静自有其深意

他古今游走总难以释怀
头顶无角可跳龙门么

我看透世象，却看不清
茫茫宇宙之中我是谁

雨水和夜带来了哀愁
让我泪奔，想见到古人

月未圆时万事还存可能
月圆后成毁已然定数

弄潮儿终将死在潮水里
清晨诗句绕路上孤峰

八十　大词

大词空洞、蛊惑而危险
我们已生生忍受两千年

总有新的圣人需要膜拜
直到最后一根弦被弹断

满山冬樱唱起了千家诗
汝明白凡有心即会有限

对植物一定要保持谦卑
终有一天我将托身清风

报废岁月果如忽略不计
专气致柔，或能婴儿乎

好在眼睛还看得穿天空
雨怎么落下我都会接受

八十一 我做

我做小事，劈柴担水
想着宇宙人生的大问题

远方的痛苦，他人的痛苦
飞鸟忍不住停下脚步

麋鹿游弋高蹈的悬崖
它们三步虽活，五步必死

我要把一条路走到黑
像一种缄默让黄河奔流

我是看到了地狱，却无力
减弱那些熊熊的火焰

这世界已然万劫不复
祖师的头上挂满了刀子

八十二　我为

我为诸夏伤心，也为自己
伤心，铁链已到大门

历史从来都答非所问
他满身积雪，要棒打新月

众人撒谎时，真相已然现
眼泪何曾带来过自由

我们固执翻着老皇历
找一个并不存在的好日子

白云横谷口，过往上了锁
几何和数学全无用场

黑暗时代回归，闪电
照亮了丛林里的三千条罪

八十三　南山

南山起云，北山下雨
凡夫岂会理解天道的运行

满坡桃树结满了橙子
汝可看清楚了自己的宿命

每个人都有秘密牢笼
蚂蚁和蜗牛也跑得比我快

我一直努力找寻终极意义
只收获词的虚无与痛

当下众神渡劫，晦暗不明
乱象让语言痛感无力

如何能在恐惧中生发勇气
他手拽长风翻云覆雨

八十四　我写

我写我的诗歌，干卿何事
风吹过苍山不需要理由

我赋予词呼吸和温度
语言之外，王朝不存在

倚天剑飞起，斩得苍蝇么
人世有人世的自然法

神栖息黑暗里，照亮黑暗
顺行逆行皆是大道

人们病了，我全身枯槁
一朵梅花上重建往日

方室徜徉三万头狮子
我颠倒诗句，入不二法门

八十五　想到

想到有过那么多有趣的灵魂
我真应该庆幸生而为人

所有的美好都回向众生
得失全放下，流水坐断老虎

如果祖师不再入我的梦
内心的黑暗怎么激发出来

他脑门放光，照破四方天下
万军之中轻取上将头颅

书页展开如旋风和蝴蝶
革命的快与慢不是个问题

未来在后面，过去渐行渐远
我在佛顶峰上为诸夏哭

八十六　我接

我接到了来自土星的信号
说世界需要一个诗人

他终生都在做精神的考古
时时观看心的动静

他坚守着一种记忆
同时代对峙，与愚行为敌

当物我相见，不能不起念
他遂活出自然的德行

天道与人世两不相欺
每一颗灵魂都有它的坚硬

生命本大于一切宏大叙事
我看见了自己的光明

八十七　种子

种子困在时间里，如何发芽
我闭门造出悲伤的车马

人是多么奇怪的物种
一把神经刀，就想君临天下

众生皆病否？大地一片茫然
谁是我的药我是谁的药

我一旦认清楚了自己
千佛出世，也要倒退三千里

文字的激流中，我得雨得风
世界颠过来死活由人

只要走下去就是道路
水自在流淌，管他云落云起

八十八　如果

如果我们能够顺天应人
那么，谁还需要那些真理

我们对不住古典的悲痛
败坏了祖先的思想和语言

山河不殊，豪杰却不在了
汝知神仙只打神仙的架

我带来了一树盛开的梅花
只为找那道友善的柴门

他听到苍山上蚂蚁的争斗
知道天下将亡满脸泪流

花开花落自有它的时辰
何不端坐窗前，读碧岩录

八十九　所有

所有文字最后都指向自己
十面镜子环绕，如何出去

大鹏展翅，通身都是手眼
四海之水立起诸夏的笔名

蝴蝶与暴雪会有什么关系
麦田为何不可以长出玉米

古井悲伤地打量井边驴子
它们脸上停驻着二手时间

伟大一定要留下些许瑕疵
记忆和天命催发一棵枇杷

远处有一粒尘埃忽然扬起
怕是传递什么不祥的消息

九十 文字

文字写出前什么景象
我必须相信万物的生长

风格经过了准确计算
眼前的光明从不会间断

汉江月亮发千古幽思
让蚌结珠胎，兔怀念想

祖师的战争狂打一整夜
早晨露水开出了活句

大地震动，花朵纷纷落
他朝着失败一路狂奔

历史几时曾为谁改道
诗人的梦里光与境俱亡

九十二　弦声

弦声初动，心曲全部袒露
一句说尽了恒河沙数

满山的杜鹃从来不曾劳作
一切存在皆无须刻意

谛观法王法，法王法如是
活一世也就这个样子

春风果能起义，突破悬崖
他端坐崖上何必拈花

三生六十劫不见圣人
黑暗中的父亲要负起责任

所有的发生我全都会看着
没有语言，何来万物

九十三　他反

他反复测试各种极限
口号行走，离一切相

所有的器官重度污染
心上留着前世的创伤

败给野蛮又败给文明
在奴役中自由地活着

形势从来都比人更强
瞌睡总是能遇到枕头

习惯了的恶还是恶吗
历史终结时只有诗歌

我们还需要重返人类
三十二祖，只传这个

九十四　万物

万物皆有名，我见到了
灯笼，露柱，香台

一滴海水有大海的味道
我见到了一枚贝壳

羚羊挂角不染纤尘
我击壤而歌，跌宕自喜

三月偷渡，你来告诉我
你只摸着大象的头

清风吹过时死活只一念
我见到了你的不见

会心人在苍山深处
我放下屠刀与语言相遇

九十五　有一

有一种语言，千年不易
满山新绿带着消息

溃败找到哲学的理由
一键就删除所有的记忆

火星与土星马上合相
起风了，三月已经挺过

山河大地都在吃茶
积习嘟哝着，芝麻开门

激流中照见自己的影子
我掸尽风沙与汝相见

诗人太入世对世道非好
不如向天打个寂寞

九十六　燕子

燕子欢喜从何而来
他立雪断臂，只为心安

春宵一刻便是天长地久
五台山上彩云蒸饭

盛筵诱人，谁也不下桌
所以西方可以正确

穿堂风吹过飘摇的庙宇
日出时让执念终结

砖石土木都具灵性
肉体不负汝，委委佗佗

我推开妄想如推开苍山
金佛泥佛也是真佛

九十七　假如

假如发现了词语的秘密
黄沙可以成为粟米

此世的苦难要前世负责
我们是否还期待来世

丛林太黑，老子到处说
吾民需要有效救赎

恶犬满天飞，不作不死
哪儿还存在圣洁者

但求人人心里有一句诗
识得唐朝，识得宋朝

道统已死于贫血和愚行
我在苍山下破心中贼

九十八　诸夏

诸夏原是道无解的死题
石头醒来时，鹤已行千里

时代轻薄，开口刀子便落
王朝自有王朝的逻辑

他收拾清风去了南方
我们在此扯着一万个闲蛋

沉默为罪恶投上一票
谁会管得别人瓦上的霜粒

小喇叭誓要展开宏大叙事
万卷书无法堪破这光景

一头猪飞起我百思难得解
不听不听，王八念经

九十九　认识

认识自己，满树樱花风雨
五蕴六识值得信任

认识传统，长空云卷云舒
千年鸟道不见一人

人群里孤单，山水前自信
我得承担我的宿命

早晨醒来扫门前雪
他带来了豹子和一种古意

生活正变成集中营
蝴蝶冥想梦与翅膀的关系

三千刹海呵呵，只为有我
一朝瓦散万古灰灭

一〇〇 一卷

一卷诗既成，清明雨纷纷
亡灵葛藤千转，追问合法性

词语起干戈，机锋推动行星
旧式的抒情恐将就此终结

雌剑悲鸣，夜夜呼唤雄剑
天空遂飞来一块烧红的生铁

你如懂得，珊瑚枝枝撑着月
你如不懂就放过这些句子

我只关心手指的质地和姿态
只为使诗歌重新高蹈起来

撒土撒沙，白云原有大忧患
瞎，即禅离禅，写诗好玩

2021—2022

后记：生活与写作

　　我最早发自内心地写作，应该始于 1979 年。孤独地写了两三年后，1982 年在成都深度介入了当时的大学诗歌运动，有了很多同道，大家会交流彼此的写作，以及自己喜欢的西方现代主义大师。我后来个人认定的处女作是组诗《河》，写于 1985 年春天，就是说，在找到属于自己的语感前，我已经有六年的诗歌写作经验。但自信一开始就有，我不知道是从哪儿来的，从来就没有觉得自己是一个学徒，需要训练，每个阶段都很纯粹和狂热，都以为正在抵达诗歌的核心，并相信自己一定能成为一个大诗人，至少是青史留名那种。这种没来由的自信并不是一件坏事，它让诗歌成为我生命中最重要的事情，我因之总是追慕人类那些伟大的灵魂和作品，热衷与亡灵对话。年轻时拥有万丈豪情会让人心走向善，总是能看到"光明停在山顶"。

写《河》的时候，我已经从现代主义的各种喧嚣中安静下来，在中国古典的美学和心学里，找到了写作和安身立命的东西。我已经意识到，作为诗歌的翻译文体是不可靠的，要找到汉语本身的气息和节奏，建构真正的现代汉语。现在看来，《河》是一个很高级的实践，指示着一种方向，但需要经历、经验，以及成熟的心智，那时我还太年轻了，支撑不起这种可能性。写出《河》以后的两年里，我被拖进了无助琐屑的生活中，诗歌也变得急促和破碎，直到 1988 年写出《有所赠》和《字的研究》。《有所赠》是向中国古代诗歌的一种经典场景和情绪致敬，《字的研究》则回到汉字的开端，梦想着神秘的起源。汉字"近取诸身，远取诸物"，所以中国诗歌天然地有一种空间感，并与万物有一种特别的关系。我后来看到，庞德在 20 世纪 30 年代编辑出版的费诺洛萨的《作为诗歌媒介的中国文字》，大部分篇幅都用于分析汉字是怎样通过其表意、造型，以及句法组织来唤起自然的势能的。费诺洛萨认为，汉语的动词是自然力的理想体现，他赞美汉语的名词、形容词、介词和连词，因为它们都能表现事物的动感，呈现出"运动中的事物"和"事物中的运动"（引自蔡宗齐《比较诗学结构》)。中国书法也许会更受益于这种见识，但诗人想想这些问题，也不会全无意义。

1989 年 10 月，我写出了《春秋来信》，这首诗预示了后来几十年我的写作路数。"春秋"既是季节，又是一个年代，既是时间，又是空间，它还是一本书，寄托着一种"以《春秋》当新王"的王道理想，马拉美要在两千多年后才能说出，世界就存在于一本书中。我当时应该想到了，当下汉语诗歌只有放在这样广阔的背景里，才能真正具有力量。诗人既在今天，又在过去，我们长久历史中的所有时刻、所有事件、所有人物，都是一个一个的词语，和我们有着感应。"感应"是汉语传统里一个了不起的概念，用在政治上，可以规范君王的行为；用在诗歌上，则让万物应和，彼此关联。《易》的思想里，宇宙是和谐有序的，人世是这个秩序的一部分，所以有天人感应。

往后几年，我的生活开始沦落，感觉已经到了深渊的最深处。不管是个人的，还是文化的，抑或种族的，我完全看不到意义和前景。身心不能飞翔起来，就下沉到感觉的细端末梢，追求语言的微妙的气息，比如阳光在树叶上的颤动，风的弯曲，或者鸟儿的叫声如何穿过空气。"蹚过冰冷的河水，我走向／一棵树，观察它的生长//这树干沐浴过前朝的阳光/树叶刚刚发绿，态度恳切//像要说明什么，这时一只鸟/顺着风，吐出准确的重音//这声音没有使空气震颤/却消失在空气里，并且动听。"这首《诗的隐喻》，其实说的是一种诗学观念：诗应该是自然、恳切、意味深长的。一棵树沐浴过前朝的阳光，说明它置身在历史中；树叶发绿，是说诗应该生机盎然；鸟吐出准确的重音，是说诗一定要清晰明确，要言之有物；而这一切是顺其自然的，甚至不会搅动空气；当然一切还要美，要动听。这几年的诗歌，可能是我最干净最纯粹的写作，它只关乎记忆和心灵，以及个人的虚无与隐痛。基于当时认为现代汉语诗歌语言还不成熟的看法，我精心打磨形式和技术的细节，力求写出完美的文本，小诗人的那种完美。

再往后我就一头扎进生活中，像扎进一条滚滚奔流的大河。各种漩涡会把我卷入水底，也会把我托到波浪上，我必须把全部的心思用来保持身体与水波的平衡，并顺着河水一路往下，看透两岸的风景。在这种时候，生命一定是大于一切的，当然也大于诗歌，活着本身就是最重要的事情。诗像童年时的棒棒糖，或者青春期的白日梦，甜美、虚幻且遥远，我会时时想起，却不会纠缠于兹。因为我还要重新开始学习生活，接受命运，"习惯卑微，被机器传送/为五谷的生长感恩吟唱"。而在此之前，我是一个不可救药的唯美主义者，心怀悲悯的颓废派，一个风一样飘着的人。有十几年的时间，我每年只写两三首诗，像在保存一份心迹和回忆，以及对语言的不离不弃。所以2008年，我在一篇自传性随笔结束时写道：我对汉语诗歌已没有那么大的抱负，但梦想还在。

梦想很快就被唤醒了，2011年，我写出《春望》，和杜甫同题，也是向杜甫致敬。这首诗起句"万古愁破空而来"，我觉得一下子接通了汉语诗歌的气脉。不管意识形态和社会制度如何变化，在中国历史的语境里，就是不管王朝如何兴替，我们的肉身都在一个永恒的时空中，对生命有着永恒的忧伤。我觉得万古愁，还有天下忧，是汉语诗歌伟大的伦理，也是汉语诗歌最迷人的地方，甚至就是汉语诗歌的本质。"昔我往矣，杨柳依依，今我来思，雨雪霏霏"，"知我者谓我心忧，不知我者谓我何求"，从《诗经》开始，我们就是这种调子。也是在那个时候，生活有了上岸的感觉，我已经经历了人生，见过了万物，"现在我已足够年岁，可以面对吾族的历史和山河"。

2016 年底，北京重度雾霾围城，我写了一首小诗《霾中风景》："塔楼，树，弱音的太阳/构成一片霾中风景/鸟还在奋力飞着/亲人们翻检旧时物件/记忆弯曲，长长的隧道后/故国有另一个早晨/如果一切未走向寂灭，我想/我就要重塑传统和山河。"一首很短的诗，写得很快。写完之后，我突然觉得不经意间，说出了那么多年的努力方向，或者说一种隐秘的抱负：重塑传统和山河。明了这个抱负，我有一种天高地远万物生长的感觉，一切都那么明晰，生机勃勃。青春期以后的写作，需要一个扎实的背景，像一棵树扎下根。这一点非常重要，那种扎根大地的感觉，会让一切非常坚实，以后，你的每一个词，都可能会有雷霆万钧的力量。

谢默斯·希尼专心思考的重大问题之一，就是一个诗人应如何适当地生活和写作。有些问题高级而空洞，比如"贫困年代诗人何为"，"诗歌能否抵抗子弹和走向街头"，或者"奥斯维辛以后写诗是野蛮的"，是真正的形而上学。希尼的问题很实在，我却好像没有专门想过，一切都顺其自然，波澜只在心里。该生活的时候就生活，该写作的时候就写作，该放弃的时候就放弃，该抓住的时候就抓住，就像苏轼作文，行于所当行，止于不可不止。里尔克认为，生活与作品之间总是存在着一种敌意。中年以后，我应该没有这种感觉。对我来说，生活有它自己的轨迹，如四季运行，而写作是它最重要的部分。

昨夜苍山上空，电闪雷鸣，光芒交织，声音撼天，仿佛众神渡劫。就情感与精神而言，人类岂有进步可言？两千多年前孔子在黄河边时，一千多年前杜甫在夔州写下"玉露凋伤枫树林"时，与此刻我在苍山下，感受到的都是同样的东西。移居大理以后，如果不心忧天下，不为坏消息而生起"忍不住的关怀"，这儿的阳光、天气、山水，以及生态，都会让人有一种幸福感，让人觉得生活回到了本来该是的样子，让人觉得"我们的确需要重新珍惜个人的操守、对自我的信赖，以及老式的进取心"（波西格语）。年初在宋琳的工作室，他提醒我今年是《荒原》和《尤利西斯》出版一百周年，那么明年就是《杜伊诺哀歌》和《致奥尔弗斯的十四行诗》出版一百周年，我们都认为一个诗人在这样的年份，总是会受到些许激励。我现在梦想一种强力的语言，游戏在天人之际，它勾连着所有的过去，把当下和过去融为一体，它既具有"伟大的汉语传统的美"（敬文东语），又完全属于

"我们的季候"（史蒂文斯语），我同时是阮籍、陶潜和杜甫，当下也同时是魏晋和唐宋，他们的愁怨也是我的愁怨，当下的伤痛也是那个时代的伤痛，这该是一种多么了不起的诗歌。我希望这样的诗歌能够改变时代的趣味和质地，像由北向南的金沙江，在距此时的我173公里处的石鼓掉头往东。

2022. 2.

诗就是一种语言的玄学
——答敬文东

敬文东: 早在 1991 年,您就在题名为《写作》的短诗里树立了写作的方向,那就是向母语和伟大的汉语传统致敬。而在更早的 1988 年,您写下了早期代表作《字的研究》,结尾处有这样的句子:"我自问,一个古老的字/历尽劫难,怎样坚持理想/现在它质朴、优雅,气息如兰/决定了我的复活与死亡。"在那个现代主义诗歌写作如日中天的年月,您年纪轻轻,为何有那种退回传统的想法?

赵野: 我的写作一开始,就与先锋无缘。我最早热爱的诗人,并在风格和审美上深受其影响的是何其芳、冯至与卞之琳,他们是我诗歌的源头,让我对语言和形式有着固执的要求。那是 1979 年,我生活在四川的一个小县城,没有外来的风暴,都是自己在生长。1981 年我进入四川大学,瞬间遭遇各种现代主义诗歌，不停地受着各种冲击。影响是全方位的，从一个意象、一个比喻、一种句法，到诗歌的种种方法论和价值观，让人眼花缭乱，加之深度介入成都的诗歌运动，那个时期比较开放，也做过很多尝试。可能还是心性使然，1984 年，我读到李泽厚的《美的历程》、宗白华的《美学散步》和高尔泰的《论美》，里面的部分内容让我一下子感觉到和中国古代士人的精神与美学接通了，我迷恋他们的心灵和生活，并意识到写作应该建立自己的语言，建构一种真正的现代汉语。可以说那时起，我已形成了一个看法，就是只有几十年历史的现代汉语诗歌，语言还不成熟，作为独立的诗歌文本，除了一些短诗，基本上是不成立的。那时我对语言做了很多思考，有了一些想法。1985 年，我写出了组诗《河》，算是当时那些想法的一次实践，以抒情诗的形式，表现语言和它的文化传统的关系，有着思想和哲学的东西。1988 年的《字的研究》，是分析性写法，回到汉语的源头，想找出汉字的特质，以及我对汉字的一些观念性认知。我后来看到周有光说，因为汉语的语法结构，中国哲学都成了关于人生的哲学，而与逻辑和科学无缘。那么，辜鸿铭说汉语是一种诗的语言，应该是完全成立的。事实上，庞德在 20 世纪 30 年代，已经发现了汉字有一种自然的势能，"言语中的各部分一个字一个字地蓬勃生长，争先恐后地破土而出"。一方面，我那个时候应该还没想到退回传统，但在思考汉语成其所是的那些要素，我理想中的现代汉语诗歌语言，要建立在这些要素上。另一方面，我需要找到人之为人的那些要素，中国古人的生命态度和精神方式，完全契合我的内心。也就是说，生活和写作都让我往回看，传统里有我真正需要的东西。准确地讲，我没有退回传统，只是明白了要从传统出发，传统是我的起点和根基，一个更大的世界在前面。

敬文东：在一篇回忆性的短文里，您曾这样写道："我知道，这个世界是以加速度变化着，我们所有的经验和价值观，都源于农业时代的趣味和标准，这眼花缭乱的一切，与我们根本没有关系。"农耕经验原本是古典诗歌的地盘，用新诗描写农耕经验，您是否有一种违和或者矛盾的感觉？

赵野：其实，这只是我个人的一个说法，或者说个人隐喻。这儿的"农业时代"，指的不是农耕文明，而是一种以轴心时代的思想为基本价值的人类文明。

在这个意义上，农耕文明、工业文明、信息文明，或者说前现代社会、现代社会、后现代社会，都没有本质上的区别，我们对心灵和精神、人性和情感、永恒和不朽，还持有同样的标准。我对前沿科学会有一些好奇，隐隐有一种担忧，就是未来的人类，和迄今为止的人类，会完全不一样，他们可能完全不需要诗歌，以及其他我们信奉的东西。这篇文章是 2008 年写的，今天来回答这个问题，感觉更应景。人工智能、基因工程、星际穿越、元宇宙等，都远远超出了我们的想象范围和理解范围。我甚至觉得，我们可能是最后几代还信任语言，还梦想着写完美诗歌的人。也许再过五十年、一百年，诗歌，以及我们现在还相信的那些价值，就不在了。一百年以后的人类，看诗歌和诗人，和我们看李白、杜甫一定是不一样的。里尔克和艾略特他们，不会面临这样的问题。这些问题让人沮丧，不能深究，想得太多会质疑写作的意义和价值。这个上午我还看了一个视频，说在宇宙中，恒星的数量比地球上所有海滩的沙子加起来的总数还多。佛经里常常说"恒河沙数"，以前觉得是一个比喻，现在看来就是事实。想到对宇宙而言，地球真的就只是一粒沙砾，实在是虚无。我是在这个意义上用的"农业时代"一词，指一种传统的时空观，而非一种农耕经验。我们已经无法像前人那样，不管是一千年前的，还是一百年前的，对永恒和不朽有着坚定的信念了。

敬文东：2007 年，您在小长诗《归园》一开篇写道："半世漂泊，我该怎样/原宥诗人的原罪/像哈姆雷特，和自己/开一个形式主义玩笑。"我很好奇，作为一个现代中国诗人，他（或她）的原罪到底是什么。

赵野：这个词用在这儿，意义确实比较含混。诗人的原罪，或者说中国诗人的原罪，是指我们身份的不确定，或者我们扪心自问时的不踏实？我们一生中命定的东西？诗人对母语的失职？对正义的缺席？对专制的顺从或沉默？对文化沉疴的无视？又或是诗人本身对时代和生命的对抗与突进？对自由的追求？天生与世界的紧张关系和对庸众的敌意？也许这个词表达了两种完全相反的意思，像德里达的词语游戏。不过，汉语的词不需要通过词形或字母的变异来达成这种效果，它们本身就可以是多义的。当然还可以说，这只是简单的愤世嫉俗，觉得当下的中国诗人只是一帮混混，行走在一个低级的江湖上。这也符合我的词语原则：一个词如果在整首诗的语感里是成立的，那么，它的多义或歧义，会让这首诗的意蕴更丰富。诗不是用来理解的，而是一种感受和意会，诗也不说明什么，它只是一种冒犯和唤醒。

敬文东："万古愁"是古典汉语诗歌的伟大主题，它甚至可以说是汉语的乡愁。这个词也是您的诗歌中的关键词之一。您可否谈谈新诗到底怎样书写万古愁才是有效的，或者说才是具有现代性的？

赵野：万古愁，还有天下忧，确实是古典汉语诗歌最迷人的地方，但为什么仅仅是古典汉语诗歌呢？如此高级的东西，还是我们独有的特质，应该是汉语本身的。新诗只有在写出这种万古愁和天下忧后，才能接通汉语的文脉，真正成熟起来。万古愁和天下忧对于诗歌，就像仁义礼智信对于人类一样，是我们文化的普世性发现，是汉语诗歌伟大的伦理。中国的现代性，首先要关注的是文明是否抵达。我赞同这样一个观点，文化是民族的、地域的，而文明是普世的，文明就是每一个人的权利都要得到尊重，每一个心灵都能自由不羁，文明是个人和他人及外部世界的合理的关系。对我们而言，文明还在被种种邪恶的力量阻隔在路上，我们需要表达出一种期盼和挣扎，而这种期盼和挣扎，就是当下的万古愁和天下忧。我认为，欧洲现代主义最核心的问题是：上帝死了，只有自己，只有卑贱，只有徒劳，害怕死后的世界（艾略特语）。而中国现代主义最核心的问题则是：世界那样了，我们还这样。那样的世界与这样的我们之间持续的对抗和张力，对当代生活与我们处境的深刻理解和忧患，就是当下汉语诗歌的现代性所在。具体到诗歌写作，还有一个审美的现代性，或者说语感的现代性的问题，这个问题像玄学，很难说清楚。新诗的语言很有意思，一方面它是新的，我们必须建立新的句法和语感；另一方面，它又在一个历史悠久的文化传统中，这个传统的丰富性妙不可言。伟大的诗歌，要能在这个厚重的传统里纵横捭阖，上天入地，抵达诗意的核心，如万军之中取上将头颅。我近年来有一个看法，我们其实身处一种混杂的现代性里，我们的社会同时具备前现代社会、现代社会和后现代社会的种种表象与特征，也同时面对着前现代社会、现代社会和后现代社会的种种问题与困境。面对匪夷所思的强大的中国现实，单纯的前现代、现代或后现代写作，可能都有问题，会流于简单、过气或浅薄，很难形成对等的挑战。最有力量的作品，应该在情感和美学上也具备这种混杂的现代性，我们从中能感受到前现代的明晰、崇高与启迪，现代的深邃、精神性与形式主义，以及后现代解构既有的无所用心与无所顾忌。诗人应该有一种能力，用语言把它们统摄在一起，才能匹配这个现实。这也是我的万古愁和天下忧。

敬文东：海岸对面的余光中几十年前曾在现代气息浓郁的台北市，写下了对唐时洛阳的牡丹、宋时汴梁的荷花的怀念。批评者认为，他是在制造假古董。我认为这样的批评虽然刻薄，但未必没有道理。也有朋友为您捏把汗。您觉得怎样做才能避免重蹈余氏的覆辙？

赵野：余光中和我，完全没有可比性，他的写作路数和我的写作路数，是完全不一样的。回溯传统并不是一个新话题，很久以来，很多人都在这么说。朦胧诗时期，杨炼写陶罐、半坡，江河写《太阳和他的反光》，都说是回到传统。80 年代在成都，宋炜和石光华他们的整体主义，理念直接来自《易》，遑论 20世纪 30 年代时废名、卞之琳他们做出的尝试和努力。

古代的人物和事件，唐时洛阳牡丹与宋时汴梁荷花，只是一个个题材，谁都可以写。但写什么重要吗？重要的是怎么写。一首诗成立与否，是看它是否建立了一种成熟的语感。说到这儿，我觉得我看到的台湾新诗，语感都是怪怪的，这应该是一个很有意思的学术课题。他们那几代诗人，古文和西学的底子都比我们好，看到的东西也比我们多，经历的一切也不比我们轻松，不知道为什么一写起诗歌，语言就黏糊糊的，民国的腔调一直没有化解开。那么，我们的诗歌语言，是否因为粗鄙的口语化而得到了锻炼？这里扯远了，回到传统这个话题，我觉得传统不是道具和符号，而是精神气质，是我们对社会、自然、人性的态度，以及我们面对虚无、死亡和美的方式，我是在这个意义上进入传统的，因为"古典并不等于古代。现代与古典的关系并不是现代与古代的关系，而是时代与永恒的关系，这个关系存在于任何时代（柯小刚语）"。近年来我喜欢用"语感"一词，来说明我对诗歌的一些判断，这本身就很传统、很中国，像严羽的"气象"、王士祯的"神韵"、王国维的"境界"。我认为诗之成为诗，首要在语感，但语感就像禅一样，只能绕着说，批评可以分析语感的各种要素，却

325

无法说出语感本身。另外，语感在我这儿，只是诗的普遍价值，而不是诗的最高价值。

敬文东： 里尔克认为，"生活和伟大的作品之间/总存在某种古老的敌意"。应该说，敌意是现代主义文学的起点。尽管您也曾在诗中写到"我一直低估了诸夏的恶"，但您更愿意坚持在诗里诉说"古老的善意"。这和我们的现实经验是不合拍的，您如何在虚构的善意和真实的敌意之间周旋并辗转成诗的呢？

赵野： 里尔克的意思是，诗歌与现实之间一直有一种紧张关系，诗歌要表达出这种紧张关系，需要有对现实的冒犯、反抗、对峙、批判。生活永远是庸常的，而诗必须挺拔高迈。超越一些说，佛家讲无善无恶，因为万法皆空，王阳明也讲"无善无恶心之体"，但王阳明说佛家着了善恶的相，不可以治天下。佛家和王阳明的善恶说，如果在一种奇妙的语感里，也有强大的诗意。我不认为我坚持在诗里诉说"古老的善意"，我是在古老的善意和古老的敌意之间找一种张力。古老的敌意和古老的善意，一直在我们的情感和生活中，也在我们的现实经验中，是一个硬币的两面，相生相克，它们之间无穷无尽的冲突、转换和融合，就是诗意的一部分。具体到我的写作，敌意不是我的起点，善意才是，但一路下来，必须冲破重重敌意。不久前我回答了为什么写作，一则直面当下，反思文明；二则解脱心灵，了悟生死；三则重振传统，再塑语言。在这里，第一条是身姿，诗人在语言里会呈现一种身姿，他看着天空和大地，看着人心和历史，直面当下，就是看清我们的生存处境，明了我们的精神危机，洞悉社会和人性的黑暗，并由此反思我们的文化进程、制度设计、历史危局，以及它们和当下的关系；第二条是自我诉求，我希望通过写作，能够让心灵进入一种觉悟的状态，在这个过程中，明了生死，实现自我的完成；第三条是抱负，就是要建构一种理想的诗歌语言，重塑传统和山河。诗歌有一万种写法，我尊重所有的写法，但自己只会写内心想写的东西。我关注历史的意义，希望能写出一种正派大气的诗歌，这种诗歌本身就能构成一个宇宙，我们得以在里面确认身份，完成自我，放飞梦想。

敬文东：明代人王璲是您我的四川乡贤，他有两句好诗："南朝无限伤心事，都在残山剩水中。"在您看来，伟大的汉语传统的美被现代文明破坏了，眼下我们正生活在残山剩水之中，因为您在 2018 年的一首诗中明确写道："我们就是文明的灰烬。"您似乎更愿意以文化遗民的身份自居。问题是，这种样态的残山剩水属于现代经验，遗民心态能表达新状态、新形势下的残山剩水吗？

赵野：在我看来，被破坏的不仅仅是"伟大的汉语传统的美"。陈寅恪挽王国维有句"吾侪所学关天意"，我觉得伟大的诗歌，应该有这种气象和格局。我生活在当下，为当下忧心，我的心态和经验当然是当下的心态和经验，自居文化遗民只能说我在坚守一些东西，一些美好和价值，也许还可以说是时代的遗民。这种坚守并不是朝向过去，而是朝向未来的，而且本身也是一种现代经验。其实，本雅明就是这样做的，他带着当下回溯过去，把过去当下化。我确确实实相信，当下或未来的伟大的汉语诗歌，必须能承载我们全部的文化传统，包括它的美丽和哀伤，以及我们对它的扬弃和希冀，这才是汉语诗歌真正的现代性。对传统最大的误读，是把传统看作单一形态，认为保守主义者紧紧抓住过去的幻觉，生活在今天的复杂现实中。殊不知传统像一条大河，滚滚而来的除了河水，还有泥沙，以及水面上发臭的浮尸。但河流在那儿，长江黄河日夜流淌，我们不能无视，也无法逃避。

敬文东：《庚子杂诗》直接处理现代经验，整体上很成功，既古意也很现代。看来，您的诗学追求成功的可能性极大，您可否告诉我们您是在何种心态（包括遗民心态）下完成这组了不起的作品的？

赵野：2020年，就是汉语里的庚子年，我们都经历了从未有过的恐惧、慌乱和忧心。之前的半年里，我一直在读龚自珍的《己亥杂诗》，以及余世存先生对《己亥杂诗》的现代解读《己亥：余世存读龚自珍》。新冠疫情刚开始的那两个月，各种乱象排山倒海般扑来。我开始了《庚子杂诗》的写作。"杂诗"的体例，每一首都是独立的，彼此没有关联，但笼罩在一种统一的氛围和情绪里。每一首都是即兴的，每天看到的新闻，读到的书，经历的人和事，甚至网络上的一句话，都是题材。在形式上每首都是四段八行，每首诗的起兴和完成，和传统的绝句有相同的思路。写作过程中感到这种形式的承载力和包容性都很大，几乎什么心志和情绪都可以表达，像真正的绝句。我认为新诗的形式，还有很大的空间和很多的可能性，我通过回到古典诗歌的句法和起兴方式，通过词语的音韵，想找到一种现代汉语诗歌的理想的语感。《庚子杂诗》我总共写了一百二十首，最后定稿为一百零五首，算是对龚自珍的一个致敬。这里我还想谈一谈正在写作的大型组诗《碧岩录》，非常长，一百首，总计一千两百行。这组诗以宗门第一书《碧岩录》为一个原点，希望借助禅宗的语言观和方法论，解放现代汉语诗歌语言。写作的过程中，感觉是在写一部关于语言、诗歌、色空、生死的元诗。这里也含有我的一个诗学观点：语言如果成立，意义自会显现。七八年前，你的学生颜炼军让我为他的博士论文写一个序，我那篇文章的标题就是这句话。我是过了几年后才突然意识到，这句话其实呈现了一个诗学观点。一般的诗作皆以意义的逻辑或情绪的逻辑展开，而我想试着以语言的逻辑，或者说是感觉的逻辑展开，近几年的写作，不少都是用这种方式完成的，《碧岩录》也是，可能还更极端一些。这组诗我也想找回汉语的节奏、音韵和气象，努力恢复汉语奇妙的语感。因为还没有完成，我不能确定是否成功。不管怎么说，我在写作中感到了巨大的自由和愉悦。词完全解放了，物翩翩起舞，苍山上滚滚而来的风，窗前的蝴蝶，飞进打开的书里又在我不小心合上时葬身在书页中的苍蝇，瞬间在头脑里闪现出来的人和事，不期而来的种种意象和句子，都可以自由无碍地径入诗歌。我在时间、空间、人称、身份等方面任意切换，古汉语的词和句子、古谚语和谣曲、当下生活中的话语、网络语言，我也尝试着混杂在一起。万事和万物都成了词语，历史和当下建构出句子，思想和情感自带着诗意，这是我想象的语言效果，我正在努力接近。六祖云，一念悟则众生即佛，一念迷则佛即众生，套用他老人家的话，我会说一念迷则诗滞万物，一念悟则万物皆诗。归根结底，诗就是一种语言的玄学。

敬文东：2016 年，您有一首短诗《霾中风景》，其中有这样的句子："如果一切未走向寂灭，我想/我就要重塑传统和山河。"这两句令人振奋的诗行，应该是您多年写作想要达到的目标。您觉得您现在距离这个目标还有多远？

赵野：《诗大序》说，诗者，志之所之也，在心为志，发言为诗；《尚书·尧典》说，诗言志；《诗纬·含神雾》说，诗者，天地之心，万物之户；《礼记·经解》说，温柔敦厚，诗教也；《中庸》说，不诚无物，所以诗人必得诚实，如叶芝说"态度恳切"，方能彻见万物。我想，我是在上述意义上，回溯一种诗学传统。我们最早的诗歌《诗经》，同时具有诗的意蕴和经的意蕴，而诗与经浑然一体，已经就是福柯"词不是指向物，词就是物"的意思了，后世腐儒把诗与经对立起来，或者剥去了诗，或者剥去了经。司马迁的"究天人之际，通古今之变，成一家之言"，何尝不是一个有抱负的诗人应有的理想？既然是重塑，那就表明传统和山河已经坍塌很久了，我们是在废墟或灰烬里开始工作，重塑起来的东西，一定既有过去的材料和质地，又有今天的技术和呼吸，既有过去的厚重，又有今天的温度。至于目标，那永远是在前面，罗素说过，静态的完美和终极的智慧，都是不可企及的。我已经写出了一些自己也心仪的诗歌，还有很多明确的构想和写作计划。我的一些作品，从有写作动机，到最后完成，可能要好多年。写作是我的宿命，是我这一世生命最有意义的事情，我的生活方式最重要的构成部分，至于最后能达成什么目标，实现什么结果，真的是一种天意，一种定数，人力不可强求。

2022. 2.